给孩子的博物古诗100首

漫画科普版

文化篇

漫阅童书 ◎ 编绘

北京理工大学出版社
BEIJING INSTITUTE OF TECHNOLOGY PRESS

版权专有　侵权必究

图书在版编目（CIP）数据

给孩子的博物古诗100首/漫阅童书编绘. -- 北京：北京理工大学出版社, 2023.3
ISBN 978-7-5763-2152-4

Ⅰ.①给… Ⅱ.①漫… Ⅲ.①古典诗歌—诗集—中国—儿童读物 Ⅳ.① I222.72

中国国家版本馆CIP数据核字(2023)第030853号

作者简介：

漫阅童书是一家依托于成熟的畅销书运营能力迅速崛起的新兴童书品牌，以推动全民阅读为己任，以提高中国儿童阅读心智为目标，致力于打造和推广适合中国家庭阅读的精品原创童书，2020年来多次荣获当当、京东、抖音等平台授予的优质合作伙伴、飞速增长供应商等荣誉称号。

出版发行 / 北京理工大学出版社有限公司	
社　　址 / 北京市海淀区中关村南大街5号	
邮　　编 / 100081	
电　　话 /（010）68944515（童书出版中心）	
网　　址 / http://www.bitpress.com.cn	
经　　销 / 全国各地新华书店	
印　　刷 / 雅迪云印（天津）科技有限公司	
开　　本 / 889毫米 × 1194毫米　1/16	
印　　张 / 16	责任编辑 / 李慧智
字　　数 / 400千字	文字编辑 / 李慧智
版　　次 / 2023年3月第1版　2023年3月第1次印刷	责任校对 / 刘亚男
定　　价 / 158.00元（全4册）	责任印制 / 王美丽

图书出现印装质量问题，请拨打售后服务热线，本社负责调换

前言

在《中国诗词大会》节目中，主持人董卿说："就像有人问世界著名登山家乔治·马洛里，为什么要攀登，马洛里回答，因为山就在那里。诗词也是如此，为什么要学诗，因为诗词就在那里，生生不息千年。"

古诗十分优美，但是在很多孩子眼里，它们就像是噩梦一样，因为古诗实在是太难背了。孩子一看到密密麻麻的原文、译文、注释就头疼，更别提理解古诗的意思了。

我们这套《给孩子的博物古诗》采用趣味漫画的形式，能够瞬间吸引孩子的兴趣，让孩子真正融入诗词的背景氛围里，了解古诗词背后的时代背景、人文逸事，拉近孩子与历史人物的距离，让记忆与知识迅速在孩子大脑中留下印象。

除此之外，在大语文时代，单纯地记忆背诵古诗词已经不能满足孩子全方位发展的需求，而应全力培养孩子的文、史、哲、艺等方面的能力，让孩子博学多识，成为多面手。为此，我们将本套书籍分为历史篇、文化篇、常识篇与科学篇。

本套书籍精选了100首古诗词，涵盖小学生必备75首古诗词，让孩子紧跟热点考点，学习快人一步。最后祝愿所有孩子都能快乐地学习古诗词，获得知识的享受！

文化篇：魅力无限的文化

诗人旅行爱去哪些地方？
才子文豪隐藏着什么绝技？
古代过节是一番什么样的景象？

科学篇：神奇的科学现象

风雨从哪儿来？
雪霜是怎么形成的？
为什么说花香长着"脚"？
为什么草儿不怕火焰？
为什么江水一半绯红一半翠蓝？

历史篇：源远流长的历史

为什么杜甫写的诗总是充满了忧愁？
古代人都从事什么职业？
豪情万丈的诗歌纪念的是哪些英杰？

常识篇：趣味十足的生活

古代诗歌从哪儿来？
诗歌的分类有几种？
古代也有"时装秀"？
诗人的朋友圈都有谁？

目录

第 1 辑　　地图上的故事

敕勒歌：草原王国　　　　　　　　　　　／02
出塞：为什么阴山很重要　　　　　　　　／04
芙蓉楼送辛渐：长江南岸的吴国　　　　　／06
送元二使安西：最早的"海关"　　　　　／08
望庐山瀑布："三神山"和"新三山"　　／10
黄鹤楼送孟浩然之广陵：四大名楼　　　　／12
春夜洛城闻笛：四大古都　　　　　　　　／14
望岳："五岳"传说　　　　　　　　　　／16
枫桥夜泊：寺中故事　　　　　　　　　　／18
饮湖上初晴后雨：比美人还美的湖水　　　／20

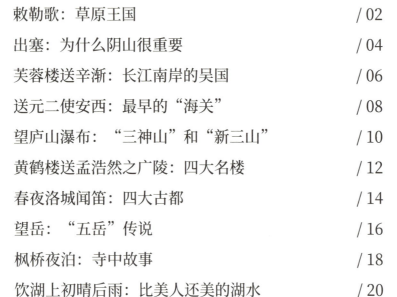

第 2 辑　　诗人的雅趣奇闻

竹里馆："全能才子"王维　　　　　　　／24
鸣筝：瞒不过的耳朵　　　　　　　　　　／26

池上（其一）：方盘上的"黑白"比赛　　　　　　　　　／28

商山早行："幕后才子"温八叉　　　　　　　　　　　／30

滁州西涧：宋朝"国家美院"的考题　　　　　　　　　／32

观书有感（其一）：诗人的读后感　　　　　　　　　／34

画鸡：题在画上的诗　　　　　　　　　　　　　　　／36

第3辑　　不一样的传统节日

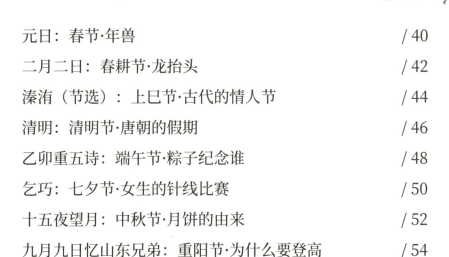

元日：春节·年兽　　　　　　　　　　　　　　　　／40

二月二日：春耕节·龙抬头　　　　　　　　　　　　／42

溱洧（节选）：上巳节·古代的情人节　　　　　　　／44

清明：清明节·唐朝的假期　　　　　　　　　　　　／46

乙卯重五诗：端午节·粽子纪念谁　　　　　　　　　／48

乞巧：七夕节·女生的针线比赛　　　　　　　　　　／50

十五夜望月：中秋节·月饼的由来　　　　　　　　　／52

九月九日忆山东兄弟：重阳节·为什么要登高　　　　／54

第 1 辑
地图上的故事

追寻诗人的足迹,
和王昌龄在芙蓉楼送别知己,
和李白在庐山欣赏悬挂在峭壁上的银河,
和杜甫攀登顶峰,俯瞰绵延群山,
和张继在寒山寺寄情作诗。

敕勒歌

北朝民歌

敕勒川,阴山下。
天似穹庐,笼盖四野。
天苍苍,野茫茫,
风吹草低见牛羊。

注释

北朝民歌:南北朝时期北方人民创作的民歌,收录在《乐府诗集》。

敕勒(chì lè):我国古代北方的少数民族。

阴山:山脉名称,大部分在今内蒙古自治区内。

穹(qióng)庐:一种中间隆起、四角下垂的房子,俗称蒙古包。

见(xiàn):同"现",显现。

译文

广阔的敕勒草原,就在那阴山脚下。
天像巨大的帐篷,笼盖着四面八方。
天空蓝蓝的,草原一望无际。
轻风拂过,牧草飘摇,
牛羊们时隐时现。

诗词博物志 草原王国

《敕勒歌》是敕勒人民赞美家乡的民歌。诗中的阴山就坐落在内蒙古自治区境内。这里降水量少，气候干燥，日照丰富，适宜草本植物的生长。丰美的草原养育了马背上的民族，孕育了"草原王国"的灿烂文明。

敕勒民族是我国古代北方游牧民族之一，因为他们造的车轮又高、有大，所以也叫高车民族。

瞧，那组装和拆迁都很方便的蒙古包，展现了游牧民族的智慧。

四胡、马头琴、火不思和雅托噶创作了许多豪迈洒脱的草原音乐。

敕勒川不仅美景如画，还是食客们向往的圣地。奶茶、炒米、烤全羊，样样都是草原上特有的美味。

出塞

[唐] 王昌龄

秦时明月汉时关,
万里长征人未还。
但使龙城飞将在,
不教胡马度阴山。

注释

王昌龄:字少伯,唐代大臣,著名边塞诗人。
但使:如果。
龙城飞将:通常认为是西汉将军李广。
不教:不让。
胡马:胡人的军队。

译文

秦汉以来明月一直照耀着边关,
但万里远征的将士还没有归还。
假如西汉的大将李广还在的话,
绝不会让胡人的军队越过阴山。

诗词博物志
为什么阴山很重要

在内蒙古区内有一条横跨东西、长达一千二百多千米的山脉,它就是诗中的阴山。阴山还有一个"草原名字",在匈奴语中叫作"达兰喀喇",意思是七十多个山头。

阴山一带的地理气候十分独特:北边干燥少雨,非常适合匈奴人民放牧;南边土地肥沃,非常适合中原百姓农耕。

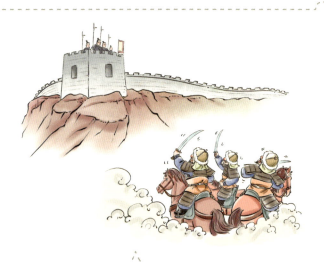

所以,很长一段时间里,游牧民族和农耕民族都在极力争夺这片土地。秦朝的时候,为了增强中原土地的防御力,秦始皇在阴山一带修建了长城。蒙恬将军曾率领秦军夺下阴山南部的土地。

鹬蚌相争,我得利。

后来,项羽与刘邦争霸天下。匈奴军队又趁乱抢走了阴山。

西汉时期,大将军李广多次率军抗击匈奴军队,打了许多胜仗。匈奴人民都很畏惧他,称他为"飞将军"。王昌龄在前往西域的途中,想到朝中没有像李广这样的良将,不禁感慨道:"但使龙城飞将在,不教胡马度阴山。"

芙蓉楼送辛渐

[唐]王昌龄

寒雨连江夜入吴，
平明送客楚山孤。
洛阳亲友如相问，
一片冰心在玉壶。

我的心从未改变。

注释

芙蓉楼：故址在今江苏镇江北，下临长江。

吴：古时，镇江地属吴国。

平明：天刚亮。

楚山：泛指长江中下游北岸的山。

客：指辛渐。

孤：单独，孤独。

冰心：像冰一样纯洁的心。

译文

寒雨洒满江水的夜晚我来到了吴地，
清晨送走辛渐后只剩下楚山的孤影。
朋友啊！如果洛阳的朋友问起我来，
就说我的心仍像玉壶中的冰般纯洁。

诗词博物志

长江南岸的吴国

南北朝的时候，诗人鲍照在《代白头吟》一诗中用"清如玉壶冰"来比喻高洁、清白的品格。"一片冰心在玉壶"就是化用了"玉壶冰"的诗句。

除了这个典故，《芙蓉楼送辛渐》中还隐藏着一个历史悠久的古国——吴国。早在周朝的地图上就有吴国了。

春秋时期，吴越两国的战争一触即发，越王勾践赢得了最后的胜利。到了战国，吴越两地又成为楚国的地盘。所以，长江中下游的山被叫作"楚山"。

三国时期，孙权建立了吴国，史称孙吴。不过，令人奇怪的是：吴国明明位于长江下游南岸，人们为什么称吴国为东吴呢？

三国鼎立时，因为孙权所统治的地区在曹魏、蜀汉两国的东部，所以就有了东吴的称呼。

送元二使安西

［唐］王维

渭城朝雨浥轻尘，
客舍青青柳色新。
劝君更尽一杯酒，
西出阳关无故人。

再见了，好朋友。

注释

王维：字摩诘，号摩诘居士，河东蒲州（今山西永济）人，唐代诗人，诗与孟浩然齐名，史称"王孟"。
元二：诗人的朋友，姓元，排行老二。
安西：唐代设立在西域的安西都护府。最初设于交河，后迁至龟兹（今新疆库车）。
渭城：秦代的古城咸阳。
浥：湿润。
阳关：古代通往西域的要道，故址在今甘肃敦煌西南。

译文

早晨的细雨打湿渭城地面的尘土，
旅舍外面的柳树显得格外青翠。
奉劝我亲爱的朋友再喝一杯美酒，
向西出了阳关就难以遇到故人了。

诗词博物志　　最早的"海关"

王维得知元二即将远行，非常不舍，就从长安一路相送到渭城，并写下这首《送元二使安西》。后来，人们将这首诗改编成送别的歌曲，取名《阳关三叠》。

元二要去什么地方呢？诗名中的"安西"是唐朝在西域设立的关防机构。最初，安西都护府设立在交河，后来迁移到了龟兹，也就是今天的新疆库车县。

阳关是汉武帝在甘肃一带设置的关口，也是古代最早的海关之一。人们想前往西域或中亚等地，就要在这里验证出关。

在阳关的北边，汉武帝还修建了玉门关。"二关"由一条七十公里的长城相连，是丝绸之路的交通要道，也是汉唐时期的军事关口。

黄河远上白云间，一片孤城万仞山。
羌笛何须怨杨柳，春风不度玉门关。

王之涣的《凉州词》描写的就是边塞奇异壮美的风光和将士们的艰苦生活。

高僧玄奘从印度取经归来时，也是通过阳关返回长安城的。

望庐山瀑布

[唐] 李白

是银河落下来了吗?

日照香炉生紫烟,
遥看瀑布挂前川。
飞流直下三千尺,
疑是银河落九天。

注释

李白:字太白,号青莲居士,陇西成纪(今甘肃天水)人,唐代浪漫主义诗人。
香炉:指庐山北部的香炉峰。
紫烟:山谷中的紫色烟雾。
挂:悬挂。
川:瀑布。
疑:猜疑,怀疑。

译文

阳日照耀下的香炉峰升起了紫色烟雾,远望瀑布就好像一条大河挂在山崖上。从高处飞泻而下的水流似乎有三千尺,让人怀疑银河从九重天上泻落到人间。

诗词博物志

"三神山"和"新三山"

传说,大海中有三座仙山——蓬莱、方丈、瀛洲。因为山上居住着仙人,所以又叫"三神山"。秦始皇、汉武帝为了获得长生不死药,都曾到蓬莱岛寻仙。

为了延续三山的美丽神话,古人就在名山中选出了"新三山":安徽黄山、江西庐山、浙江雁荡山。

令李白叹为观止的庐山,就是位于江西九江的三山之一,有着"匡庐奇秀甲天下"的美名。

庐山的名字来自一段神话。相传,有位名叫方辅的老先生和老子一起来到山中结庐修仙,两人飞升后山上只剩了一座空庐,因此得名庐山。

瀑布是庐山的一大奇观,庐山瀑布其实是由三叠泉瀑布、开先瀑布、秀峰瀑布等组成的庐山瀑布群。李白笔下的瀑布很可能就是香炉峰附近的马尾水瀑布。

因为庐山一带雨水充沛,且山中温差较大,所以常年被云雾笼罩。那缥缈的云雾,在古代人眼中就成了"仙气"。怪不得庐山能入选"新三山"呢!

登鹳雀楼

[唐]王之涣

白日依山尽,
黄河入海流。
欲穷千里目,
更上一层楼。

黄鹤楼送孟浩然之广陵

[唐]李白

故人西辞黄鹤楼,
烟花三月下扬州。
孤帆远影碧空尽,
唯见长江天际流。

朋友,再见!

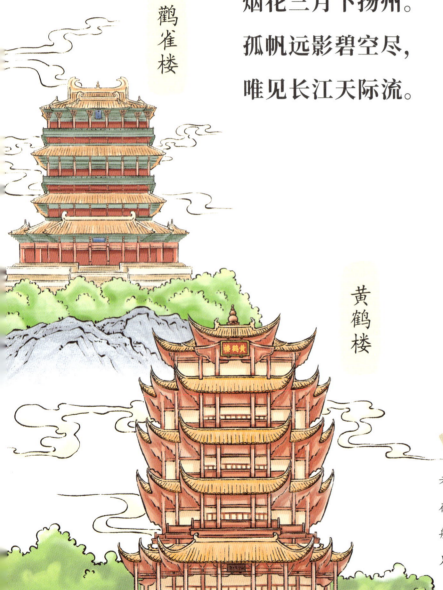

鹳雀楼

黄鹤楼

注释

黄鹤楼:中国名楼,在今湖北省武汉市武昌蛇山的峰岭之上。
之:往、到。
故人:老朋友,指孟浩然。
辞:告别、辞行。
尽:竭、完、没有了。
天际:天边。

译文

老友孟浩然辞别了黄鹤楼乘船而去,在柳絮繁花交织的三月里远游扬州。船帆渐行渐远,消失在蓝天的尽头,只看见波浪滔滔的江水向天边流去。

诗词博物志 — 四大名楼

中国古代有四座因诗文出名的楼阁，分别是湖北武汉的黄鹤楼、山西运城的鹳雀楼、江西南昌的滕王阁和湖南岳阳的岳阳楼。

四大名楼中，黄鹤楼挨着奔腾的长江，滕王阁地处赣江东岸，岳阳楼建在洞庭湖边，鹳雀楼临着浩瀚的黄河水。

其中，鹳雀楼是四大名楼中最高的一座。楼外虽然有三层，楼内却有九层空间可以使用。诗人王之涣在登楼之后，被高楼和黄河美景震撼，于是写下了《登鹳雀楼》。

滕王阁
［唐］王勃

滕王高阁临江渚，佩玉鸣鸾罢歌舞。
画栋朝飞南浦云，珠帘暮卷西山雨。
闲云潭影日悠悠，物换星移几度秋。
阁中帝子今何在？槛外长江空自流。

岳阳楼
［唐］李商隐

汉水方城带百蛮，
四邻谁道乱周班。
如何一梦高唐雨，
自此无心入武关。

春夜洛城闻笛

[唐]李白

谁家玉笛暗飞声,
散入春风满洛城。
此夜曲中闻折柳,
何人不起故园情。

注释

洛城:洛阳。
玉笛:笛子的美称。
闻:听见。
折柳:指汉代乐曲《折杨柳》,有离别、怀念的意思。
故园:故乡。

译文

是谁在深夜用玉笛吹奏,
乐曲乘风飘荡在洛阳城。
从乐曲中听到无尽相思,
谁不会被唤起思乡之情。

诗词博物志

四大古都

西安、洛阳、南京以及北京并称我国四大古都。

在历史长河中,先后有13个王朝在洛阳建立国都。唐朝最繁盛的时代,其政治中心即在洛阳。

四大古都中,西安建都朝代最多,历史也最为悠久。周朝的时候,周武王在西安建立镐京作为国都。秦始皇和汉高祖设立的国都也坐落在西安,分别叫作咸阳和长安。

古代称为南京的并不止一座城市,东汉、唐朝、宋朝、辽国、金朝、明朝都建立过属于自己的南京城。

我们熟悉的首都北京,在不同的朝代名字有着不同的名字。战国七雄之一的燕国将它叫作燕都,元朝时改名大都。明朝洪武年间叫北平,永乐元年改回北京。清朝延续了北京的称呼,但民国时期再次改为北平,直到1949年北平和平解放,这座城市又改名北京。

望岳

[唐] 杜甫

> 其他山怎么变小了？

岱宗夫如何？齐鲁青未了。
造化钟神秀，阴阳割昏晓。
荡胸生曾云，决眦入归鸟。
会当凌绝顶，一览众山小。

注释

杜甫：字子美，号少陵野老，出生于河南省巩县（今巩义市），祖籍湖北襄阳，唐代现实主义诗人。
岱宗：泰山。
齐鲁：春秋时期，泰山以北是齐国，泰山以南是鲁国。
青：山的颜色。
未了（liǎo）：连绵不断，没有尽头。
造化：大自然。
钟：聚集。
割：分。
曾：同"层"。

译文

雄伟的泰山，景色到底是怎么样的？走出齐鲁之地也能看见青翠的峰顶。
大自然把千万种神奇美景汇在这里，泰山南北两面分隔出了清晨和黄昏。
层层白云涤荡着胸中的沟壑，空中飞翔的归鸟闯进了赏景的眼眶。
（你）一定要亲自登上泰山的顶峰，去俯瞰绵绵的群山，激起满怀豪情。

诗词博物志

"五岳"传说

评选出来啦!

东岳泰山　中岳嵩山　南岳衡山　北岳恒山　西岳华山

俗语"五岳归来不看山"说的是五座最险峻的山峰。在汉宣帝看来,"五岳"分别是东岳泰山、西岳华山、南岳霍山、北岳大茂山、中岳嵩山。

不过,隋文帝和清顺治帝并不完全赞同。隋文帝认为南岳当数衡山,清顺治帝认为北岳当数恒山。

我们输得心服口服。

1290米　1440米　1545米　2160米　2017米

凭什么?

在为众山评选"五岳"的名号时,位于山东中部的泰山从未受到过人们的质疑。泰山不是五岳中最高、最险的山峰,却在各个历史时期有着"五岳之首"的美名。

一览众山小。

统一六国的第三年,我到泰山举行的封禅礼。

在古代,泰山被人们视为"能与神交流"的山峰。从秦始皇开始,汉武帝、唐高祖、宋真宗等历史上多位帝王在泰山举行封禅、祭祀仪式。

更有众多文人名士不远千里登临泰山。西汉史学家司马迁,三国时期的曹操、曹植父子,还有唐朝的李白、杜甫等大名鼎鼎的诗人,都曾饱览我国这座第一名山的壮美景色。

17

枫桥夜泊

[唐]张继

谁在半夜敲钟？

月落乌啼霜满天，
江枫渔火对愁眠。
姑苏城外寒山寺，
夜半钟声到客船。

注释

张继：字懿孙，襄州（今湖北襄樊）人，唐代诗人。
枫桥：今江苏省苏州市西的一座古桥。
霜满天：形容天气十分寒冷。
渔火：渔船上的火光。
姑苏：苏州。
寒山寺：古寺名。

译文

月亮西沉乌鸦啼叫风霜满天。
渔火映照枫树愁绪使我难眠。
姑苏城外那座清冷的寒山寺，
半夜的钟声传入岸边的客船。

诗词博物志

寺中故事

南朝的时候,梁武帝十分重视礼佛,在枫桥镇(今属苏州金阊区)建立了妙利普明塔院。到了唐朝,因为名僧寒山住在这里,又改名寒山寺。

在唐朝以前,并没有很多文人墨客关注寒山寺。直到张继写下《枫桥夜泊》,才让寒山寺名声大噪,成为游客们的旅游胜地。

画船夜泊寒山寺,
不信江枫有客愁。
二八蛾眉双凤吹,
满天明月按凉州。

杜牧在寒山寺下送别朋友,多年以后,他回想起与朋友告别的情景,写下《怀吴中冯秀才》:"唯有别时今不忘,暮烟秋雨过枫桥。"

元朝的时候,诗人孙华孙也写了一首《枫桥夜泊》。夜晚时,他在寒山寺前看见女乐工在吹奏豪迈的西北乐曲《凉州》。

船里钟催行客起,塔中灯照远僧归。
——《赋得寒山寺送别》

明朝诗人高启和朋友在寒山寺告别,船家催促的钟声响了一遍又一遍。

为美丽的湖水而醉。

饮湖上初晴后雨

[宋]苏轼

水光潋滟晴方好,
山色空蒙雨亦奇。
欲把西湖比西子,
淡妆浓抹总相宜。

注释

苏轼:字子瞻,号东坡居士,眉州眉山(今属四川)人,北宋文学家、书画家、美食家,是"唐宋八大家"之一。

潋滟(liàn yàn):波光粼粼的样子。

方:正。

空蒙:缥缈迷茫的样子。

亦(yì):也。

译文

雨后的西湖在阳光照耀下水波荡漾,雨幕笼罩下群山若隐若现十分奇妙。想要把西湖比成那越国的美人西施,无论淡妆浓妆总是看起来十分适合。

诗词博物志

比美人还美的湖水

孤山寺北贾亭西,
水面初平云脚低。
几处早莺争暖树,
谁家新燕啄春泥。
——《钱塘湖春行》（节选）

杭州数一数二的盛景,就是能与美人比美的西湖。唐朝以前,西湖名作钱塘湖。白居易就写过一首《钱塘湖春行》。

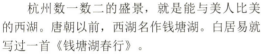

变法能富国强兵,哪里不好?

你的方案太急,我不喜欢。

1071年,在朝为官的苏轼和宰相王安石发生了矛盾。为了"躲开"王安石,苏轼向皇上请命离开京城,到杭州担任通判一职。

西施

西子说的就是她。

当苏轼游览雨后西湖,看到波光粼粼的湖面,若隐若现的山峰,不禁感叹:"欲把西湖比西子,淡妆浓抹总相宜。"

怎么这么多水草!

多年以后,苏轼第二次到杭州任职时,原来风光绮丽的西湖生长了大量水草,不仅美景不再,还令当地的百姓饱尝苦楚。

清除这些坏家伙。

苏轼想出了许多治湖的办法。为了不让湖中滋生恶草,他鼓励附近的农人在湖里种植菱角。想让菱角长得好,农人们就会定期清理水草。

苏轼不仅了恢复西湖的面貌,还在湖心修建了"三潭印月"的奇观。夜晚,塔中点亮烛火,塔身的圆洞映照在水面上,就像月亮的倒影。

第 2 辑
诗人的雅趣奇闻

你对诗人的雅趣奇闻知多少？
王维会用弹琴的方式，
抒发心中的苦闷；
李端的耳朵像周瑜般灵敏，
即刻能听出琴女弹错的音节；
朱熹用诗歌记录读书后的感想，
唐寅将诗题在自己的画作上。

竹里馆

[唐] 王维

独坐幽篁里，
弹琴复长啸。
深林人不知，
明月来相照。

注释

竹里馆：指辋川别墅景色之一。
幽篁（huáng）：幽深又茂密的竹林。
啸：指（人）撮口发出长而清脆的声音，有打口哨的意思。

译文

独自坐在幽深寂静的竹林中，
一会儿弹起琴弦一会儿长啸。
有谁会知晓我在这深林之中？
只有一轮明月静静陪伴着我。

只有月亮陪着我。

诗词博物志　"全能才子"王维

王维是历史上有名的"全能才子",不仅满腹经纶,还精通书画和音律。

朝廷十分欣赏王维的音乐才华,让他担任太乐丞一职,负责音乐、舞蹈等教习,以供在大型祭祀和宴会上表演之用。

为什么古人这么重视乐舞呢?这还要从我国古老的礼乐制度说起。西周的时候,为了帮助天子更好地管理国家,宰相周公制定了周礼。

职级	天子	诸侯	大夫	士
舞蹈人数	64人	36人或48人	32人	16人

"礼"指的是礼仪规范,天子用"礼"区分诸侯、贵族和平民之间的等级地位;"乐"指的是音乐和舞蹈,不同地位的人在欣赏乐舞时,乐舞队的人数也不一样。

随着朝代的更迭,出现了不同的礼乐机构。比如西汉的"乐府",唐朝的"大乐署"等。这里出现过很多有才华的人。不过,王维并没有在这里工作太久。他负责指导的舞蹈演员因私自表演黄狮子舞触怒了龙颜,连累王维获罪贬官。

王维晚年在蓝田县(今属陕西省西安市)的辋川别墅中过着隐居的生活。辋川的风景十分秀美,他经常沉醉在这里,写下了许多有名的诗歌,《竹里馆》就是其中之一。

鸣筝

［唐］李端

鸣筝金粟柱，
素手玉房前。
欲得周郎顾，
时时误拂弦。

注释

李端：字正己，赵州（今河北赵县）人，唐代诗人，为"大历十才子"之一。
金粟：桂花，这里形容琴弦精美。
柱：指琴弦调音用的短轴。
玉房：指用玉制成的筝枕。
周郎：三国吴将周瑜。

译文

金粟短轴的古筝响起动听的声音，美人洁白的双手不断拂动着琴弦。为了引起懂音律的周郎回头相看，她时不时故意拂动着错误的琴弦。

诗词博物志

瞒不过的耳朵

古筝是我国古代最流行的乐器之一。秦朝的时候,大将军蒙恬十分喜欢音乐,将五弦古筝改制成了十二弦古筝。从此,古筝的声音变得更加丰富起来。

唐朝的时候,有一位精通音律的诗人,他的名字叫李端,被赞为"大历十才子"之一。凭着超人的才华,李端在长安城深受赏识,驸马郭暧经常邀请他到家中做客。

驸马郭暧家中有一位古筝弹得特别好的侍女,李端每次都听得如痴如醉。一次聚会时,郭暧请李端以"筝"为题目,写一首诗,于是就有了《鸣筝》。

不过,说起最懂古筝的人,当数东汉末年的名将——周瑜。相传,周瑜一次与友人喝酒时,请来了一位擅弹古筝的琴师。

在弹奏乐曲时,琴师出了些细微的差错,但错误的琴音依然瞒不过周瑜的耳朵。每当出错的时候,周瑜就会看向琴师,笑着提醒她。从此,民间便流传着"曲有误,周郎顾"的歌谣。

下棋我不行,写诗第一名!

池上（其一）

［唐］白居易

山僧对棋坐,
局上竹阴清。
映竹无人见,
时闻下子声。

注释

白居易：字乐天，晚年号香山居士，出生于河南新郑，祖籍山西太原，唐代诗人。
闻：听见。
下子：落下棋子。

译文

两个僧人对坐着下棋，
棋盘上映照竹林阴影。
在竹林外看不见他们，
只听见僧人的落子声。

诗词博物志

方盘上的"黑白"比赛

该落哪儿呢?

诗词里有很多种游戏,最考验智慧的当数"黑白对阵"的围棋。

按照约定,一会儿吃饭你请客。

好吧。

好厉害!

春秋时期,围棋就已经是古人的娱乐活动之一。当时,人们将围棋叫作弈,两个人下棋叫作对弈。

东汉的时候,围棋这项游戏日渐兴盛。"建安七子"之一的王粲就是有名的围棋高手。有一次,王粲围观两人下棋,棋局乱了,他竟能一子不错将棋局复原。下棋的人不相信,用手帕盖住棋盘,请他再演示一次,结果令人心服口服。

我的棋艺属于几品呢?

这手棋下得妙!

南北朝时,下围棋有了新的称谓——手谈。朝廷非常重视围棋,还按照从"九到一"的顺序,为棋手设立了品级。日本围棋中的"九段"就是从这里演变而来的。

唐宋两朝的皇帝们很喜欢下棋,围棋也因此风靡全国。唐朝的翰林院中,还有专门陪皇帝下棋的职业棋手呢!

商山早行

[唐]温庭筠

梦里回到了家乡。

晨起动征铎,客行悲故乡。
鸡声茅店月,人迹板桥霜。
槲叶落山路,枳花明驿墙。
因思杜陵梦,凫雁满回塘。

注释

温庭筠:原名岐,字飞卿,太原(今属山西)人,唐朝诗人。

商山:楚山,位于今陕西商县。

征铎(duó):远行车马所挂的铃铛。

槲(hú):一种落叶乔木。

凫(fú)雁:这里指野鸭。

译文

清晨起来车马的铃声叮当作响,
游子在路上想起故乡十分悲伤。
残月犹在茅草店里鸡叫声嘹亮,
板桥上的寒霜已经被行人踏乱。
枯黄的槲叶落满了山间的小路,
洁白的枳花点缀着驿站的围墙。
因为思念家乡做梦回到了杜陵,
梦中一群野鸭正在池塘中嬉戏。

诗词博物志 "幕后才子"温八叉

在群英荟萃的唐朝文坛,有一位大名鼎鼎的才子,他的名字叫作温庭筠。

温庭筠能诗善词,才华比肩李商隐,时称"温李",被尊称为"花间派"的鼻祖。

今年的才子这么多吗?

在写诗作词之余,温庭筠还充当起了"才华替身",多次在考场上代替邻座的考生答卷,令主考官头疼不已。

看你怎么耍花招!

秒懂!

一次考试,主考官为了严防温庭筠作弊,特将他的位置安排在了身旁。谁料,温庭筠竟在主考官的眼皮底下,帮助八个人顺利完成了答卷。

这有什么难的?

温庭筠作为"幕后才子",被人们赠绰号"温八叉"。据说,他在考场上不但不打草稿,而且只要叉八次手,就能写完八个韵脚的赋文。

没脸见人了。

他帮助别人作弊。

哼,有才学没德行。

尽管温庭筠才华横溢,但帮助别人作弊的行为,在任何时代都为人所不齿,也难怪别人会批评他"有才无行"。温庭筠不但久久不被任命官职,还在当官后屡遭贬黜。

滁州西涧

［唐］韦应物

独怜幽草涧边生，
上有黄鹂深树鸣。
春潮带雨晚来急，
野渡无人舟自横。

注释

韦应物：字义博，京兆杜陵（今陕西西安）人。唐朝官员、诗人。

西涧：在滁州城西的一条小河，俗名叫上马河。

独怜：特别喜爱。

深树：指枝叶繁茂的树。

野渡：村野的渡口。

译文

格外怜爱生长在那水边的野草，
黄鹂鸟在树丛的深处婉转啼鸣。
傍晚时春潮夹带着雨流得湍急，
无人的渡口只剩小船随意漂浮。

诗词博物志　宋朝"国家美院"的考题

　　五代十国的时候,朝廷设立了一个绘画机构——画院。最优秀的画家开始拥有"翰林待诏"的官职,和朝中文官的待遇相差无几。到了宋朝,画院开始向全国招募画师,并成立了翰林图画院。《清明上河图》的作者张择端就是宋徽宗时翰林图画院中的一员。

　　翰林图画院考题的难度非常大,考试有六个科目:佛道、人物、山水、鸟兽、花竹以及屋木。主考官们会摘选一句古诗作为题目,谁的画构思精巧,富有创造力,就能胜出。因为《滁州西涧》一诗的画面感非常强,"野水无人渡,孤舟尽日横"就成为画院考试的题目之一。

观书有感 (其一)

［宋］朱熹

学习就是要不断补充新知识！

半亩方塘一鉴开，

天光云影共徘徊。

问渠那得清如许？

为有源头活水来。

注释

朱熹：字元晦，号晦庵，徽州婺源（今属江西婺源）人，南宋诗人。

徘徊：移动。

渠：代词，它。这里指方池塘。

为：因为。

译文

半亩的方形池塘像镜子般清澈，将徘徊的天光云影都映照出来。为什么池塘里的水这么清澈呢？因为有活水从源头不断流过来。

诗词博物志

诗人的读后感

为什么要读书？宋朝的第三位皇帝赵恒在《劝学诗》中给出了答案："想要实现远大的理想，就勤奋地在窗前读书吧。"

书中自有千钟粟，书中自有黄金屋。

男儿欲遂平生志，六经勤向窗前读。
——《劝学诗》

我又涨知识了。

战国时期楚国诗人屈原创造了一种新的诗词文体，史称"楚辞体"，也称"骚体"。这一伟大的成就，也要归功于他对《诗经》的刻苦研习。

拒绝无效读书。

唐朝的大文豪韩愈从小与书为伴，他说"读书患不多，思义患不明"。在韩愈看来，读书不是掉书袋，最怕的就是机械地记忆，而不理解其中的道理。

知识就是力量！

朱熹被称赞是南宋学者中最有学问的人，在读完书后有感而发："问渠那得清如许？为有源头活水来。"人们只有不断地汲取新知识，才能获得源源不断的力量。

我的话有道理吧？

好咸！

爱国诗人陆游这样告诫儿子"纸上得来终觉浅，绝知此事要躬行"。他认为书中记载的知识并不完善，只有亲自实践才能领悟其中的道理。

35

画鸡

[明]唐寅

头上红冠不用裁,
满身雪白走将来。
平生不敢轻言语,
一叫千门万户开。

注释

唐寅(yín):字伯虎,号六如居士,苏州吴县(今江苏苏州)人,明代著名书画家、诗人。
裁(cái):剪裁,这里是制作的意思。
平生:平常。
轻:随便,轻易。
言语:雄鸡的啼叫声,喻指说话、发表言论。
千门万户:众多人家。

译文

头顶的红色冠子不需要刻意剪裁,雄鸡披着雪白的羽毛威武地走来。虽然雄鸡平日里不会随便去啼叫,但打鸣时千家万户的门都会打开。

诗词博物志

题在画上的诗

给这幅画写首诗吧!

唐寅与沈周、文徵明、仇英并称"明朝四画家",他不仅绘画了得,还写得一手好诗。

《画鸡》就是唐寅为自己画的一只大公鸡题的一首诗。

诗不能挡住画面!

你的诗比我的画还有名。

竹外桃花三两枝,春江水暖鸭先知。
蒌蒿满地芦芽短,正是河豚欲上时。

宋朝的时候,开始流行一种新诗作,在画作的空白处,题写一首与画意境相通的诗——题画诗,形成一种诗中有画、画中有诗的独特魅力。

苏轼的好朋友惠崇和尚画过一幅春景图,苏轼欣赏过画后,为画作题诗《惠崇春江晚景》。虽然画作已经失传,但这首脍炙人口的诗却流传了下来。

开处不禁风日暖,乱飞晴雪点衣裳。
——《题冯远画梅》

写得妙!

我最喜欢梅花的气节。

谁说女子不如男?

南宋御府收藏了许多名人的绘画佳作,上面的题画诗大多由一位才女所写。这位才女是宋宁宗的杨皇后的妹妹,人称"杨妹子"。

元朝画家王冕最爱梅花,不但栽种了大片梅林,画的梅花也栩栩如生,还为自己的画题诗《墨梅》:"我家洗砚池边树,朵朵花开淡墨痕。不要人夸好颜色,只留清气满乾坤。"

春节

端午节

中秋节

第 3 辑
不一样的传统节日

古代人很重视节日,
他们过节时,可谓花样百出:
春节,贴春联、放爆竹;
龙抬头,吃龙食、剃龙头;
上巳节,曲水流觞,吟诗作赋;
清明节,踏青、祭拜祖先;
端午节,包粽子、避五毒;
七夕节,女生的针线大赛;
中秋节,赏月亮,尝月饼;
重阳节,插茱萸,攀高峰。

春耕节

元日

[宋]王安石

爆竹声中一岁除,
春风送暖入屠苏。
千门万户曈曈日,
总把新桃换旧符。

注释

王安石:字介甫,号半山。抚州临川(今江西抚州)人,北宋政治家、文学家,是"唐宋八大家"之一。

元日:农历正月初一。

一岁除:一年已过。除,逝去。

屠(tú)苏:一种酒,又名岁酒。

曈曈(tóngtóng):日出时天色明亮的样子。

桃:桃符,古代新年时悬挂门上的驱邪门饰,春联的前身。

译文

一阵阵爆竹声送走了过去的一年。
在和暖的春风中畅饮屠苏酒祈福。
朝阳洒下的光辉照耀着千家万户,
人们正忙着把旧桃符换成新桃符。

诗词博物志 春节·年兽

在中国的传统节日中，最隆重、最热闹的节日，就是《元日》中说的春节了。春节在农历正月初一，古人会在这一天进行许多有趣的活动。不过，在王安石生活的宋朝，并没有"春节"的说法，古人一直称这天为"过年"。直到辛亥革命（1911年）以后，"春节"的称呼才正式出现。

关于过年，民间一直流传着一个有趣的传说。在古代，有一只叫年的怪兽。每逢一年的最后一个夜晚，就会跑出来伤人。

一杯屠苏酒，瘟疫去无踪！

年最害怕红颜色、火光和爆炸声。人们就在年出没的晚上贴春联、挂灯笼、燃爆竹。

年兽被赶走后，人们高兴地摆酒设宴。餐桌上有一道不可或缺的美食——饺子。古代夜晚十二点叫作"子时"，辞旧迎新的时刻，就叫作"交子"，过年吃饺子的习俗便由此而来。

古人为过年准备的美酒也很有讲究。晋朝的时候，人们将药草浸泡到酒中，制成屠苏酒。人们认为在正月初一饮屠苏酒可以避瘟疫。

长辈还会送给孩子压岁钱，寓意保护孩子平安。不过汉代的压岁钱并不是货币，而是一种钱币形状的辟邪饰品，上面刻着龙凤、龟蛇、双鱼等各色图案。

恭喜发财！ 万事如意！

人们提着礼物到亲友家拜年祝贺，说得最多的就是"恭喜发财""万事如意"这样的吉祥话。

除此之外，还有欢乐热闹的耍龙、舞狮、扭秧歌、踩高跷的表演！

二月二日

[唐] 李商隐

二月二日江上行，东风日暖闻吹笙。

花须柳眼各无赖，紫蝶黄蜂俱有情。

万里忆归元亮井，三年从事亚夫营。

新滩莫悟游人意，更作风檐夜雨声。

注释

李商隐：字义山，号玉谿生。怀州河内（今河南沁阳）人，唐朝诗人，和杜牧合称"小李杜"。

笙：簧管乐器。

花须：花蕊。

无赖：原意指游手好闲的人。这里形容花柳肆意生长，勾起游人愁思。

元亮井：指故乡。

亚夫营：柳仲郢的军幕。

译文

二月二日我在江上乘船春游，和风煦日听着悠扬的笙乐声。
花儿吐蕊柳出芽散发着活力，紫蝶黄蜂环绕翻飞情意绵长。
常常思念在万里之外的家乡，
在柳仲郢手下当差已三年了。
江上的新滩不解我思乡之情，
发出像风雨吹打屋檐的声音。

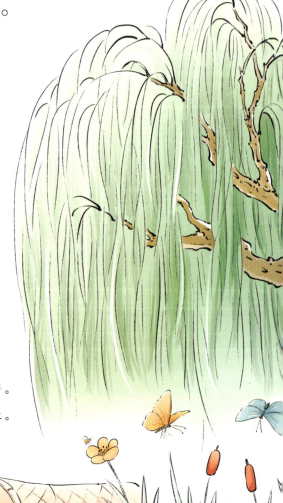

诗词博物志

春耕节·龙抬头

宇宙中有一个星象叫东方苍龙，由 28 颗星星组成，因形状似龙而得名。随着斗转星移，农历二月二日，苍龙星宿的整个身子都藏到地平线之下，只稍微露出龙头。人们就将这天叫作"龙抬头"。

传说，上古时代的首领伏羲非常重视农事。每年二月二日这天都会"御驾亲耕"。周武王在这天还会号召文武百官到田里耕种。所以，这天也叫春耕节。

春耕节前后，我国许多地方进入雨季。古代人认为这是"龙"的功劳，所以会在这天举行祭祀活动，祈求新的一年风调雨顺。

在这天，孩子们最喜欢玩儿引龙的游戏。从河边或水井旁开始，把谷糠均匀地撒在地上，画出龙的形状，一直延伸到家里。古人认为这样做可以防病虫害。

古代流传着"正月不剪头"的说法。于是，人们选择在龙抬头这天理发，还取了一个有趣的名字：剃龙头。据说这天理发能带来好运。

为了讨个吉祥的彩头，平日里的美食纷纷成为龙的化身。吃的春饼叫"龙鳞饼"，吃的面条叫"龙须面"。

溱洧（节选）

《诗经》

溱与洧，方涣涣兮。
士与女，方秉蕳兮。
女曰："观乎？"士曰："既且。""且往观乎。
洧之外，洵訏且乐。"
维士与女，伊其相谑，赠之以勺药。

注释

溱洧（zhēn wěi）：溱水和洧水，郑国的两条河名。
涣涣：春水荡漾的样子。
蕳（jiān）：古代"兰"字，一种兰草。
且：同"徂"（cú），前往。
伊：语气助词。
訏（xū）：大。
谑（xuè）：说笑。

译文

溱水长，洧水长。
溱水、洧水随春风荡漾。
少年郎，大姑娘，
人们手里的兰草散发清香。
姑娘说："去瞧热闹怎么样？"
少年说："已经去了一趟。"
"再去一趟也不妨。
洧水边上，
地方宽敞，人们脸上喜洋洋。"
少年郎和大姑娘，
两个人有说又有笑，
送你的香花名芍药。

大家都喜欢兰草吗？

诗词博物志

上巳节·古代的情人节

谁赢了就纪念谁,好不好?

幼稚!

上巳节在农历三月三日。相传,上巳节是为了纪念黄帝的生日,也有人说是为了纪念伏羲。总之,是纪念我们的老祖宗。所以,这一天非常的热闹,大家会参加许多有趣的活动。

这项活动叫祓禊。

这个游戏叫曲水流觞。

最早的时候,上巳节的活动很单一。在这天,人们会到河边用兰草洗澡,寓意洗走疾病和坏运气。

后来,人们也在这天祭高禖。高禖是传说中掌管婚姻的女神。因此,上巳节也是古代的情人节。青年男女会相约到野外踏青游玩,如果两情相悦,就会互赠芍药花。

随着时间的推移,上巳节的娱乐活动更风雅了。文士们坐在曲折蜿蜒的小溪旁,把盛着酒的酒杯放在水面上,任它自由漂流,漂到谁的面前,谁就要饮酒赋诗。

三月三日天气新,
长安水边多丽人。
——《丽人行》

汉朝以后,文武百官非常喜欢这个节日,这天不用上班,可以尽情地体验游春的乐趣,唐朝的大臣们还能收到一笔过节费。

最期盼上巳节到来的,应该是唐朝的嫔妃和宫女了。一贯宫规森严的皇宫,也会在上巳节这天打开宫门,让嫔妃和宫女们到郊外欢庆节日。杜甫就在这天看到了嫔妃游春的盛况,还写进了诗里。

曲水浮素卵。

曲水浮绛枣。

上巳节还有吃五彩蛋的习俗。把煮熟的鸡蛋染上颜色,再将蛋和枣放进河中。人们守在河的下游,捡到的人就可以吃掉。

清明

［唐］杜牧

清明时节雨纷纷，
路上行人欲断魂。
借问酒家何处有？
牧童遥指杏花村。

注释

杜牧：字牧之，号樊川居士，唐代诗人，人称"小杜"。
清明：我国传统节日。
纷纷：繁多而杂乱，形容雨水多。
欲断魂（hún）：形容哀伤愁苦。
借问：向别人询问事情，请问。

译文

清明时节细雨飘飘洒洒，
路上行人心情更加愁闷。
询问哪里可以买酒浇愁，
牧童指向远处的杏花村。

诗词博物志 清明节·唐朝的假期

　　清明节不像其他的节日有固定的日期，它在农历三月上旬的某一天。因为清明不仅是节日，也是节气。为什么清明会拥有双重身份呢？这还要从另一个节日寒食节讲起。

　　在古代，寒食节才是最重要的承载祭祀活动的节气。由于寒食清明两节时间相近，到了唐朝往往寒食节和清明节一起放假，并设立了七日假期。在假期里，人们会为祖先扫墓，以寄托对先人的怀念；到郊外踏春，寻觅春色。

乙卯重五诗

[宋]陆游

重五山村好,榴花忽已繁。
粽包分两髻,艾束著危冠。
旧俗方储药,赢躯亦点丹。
日斜吾事毕,一笑向杯盘。

注释

陆游:字务观,号放翁,越州山阴(今浙江绍兴)人,南宋爱国诗人。
乙卯:1195年,即宋宁宗庆元元年。
重五:五月五日,即端午节。
两髻:也叫作角黍,指粽子的两个尖角。
危冠:高冠。
储药:在古时,五月被视为"恶月",人们有储药的习惯。

译文

端午节来了,火红的石榴花在山村中盛开。
包粽子要包出两个角,还在高冠上插起艾蒿。
又忙着储药、配药方,
瘦弱的身躯也要在额头点上朱砂。
黄昏时分,酒菜备好了,
开心地喝起酒来。

诗词博物志

端午节·粽子纪念谁

端午节最早是祭祀龙的节日。在吴越水乡，农历五月五日这天要举行盛大的祭礼——赛龙舟。人们划着形状如龙的木舟，争相前进，不停地将祭品抛入水中。

春秋时期，吴国的忠臣伍子胥被吴王夫差逼死，尸沉钱塘江。人们认为伍子胥化身为江中的波神，就在五月五日赛龙舟纪念他。

到了战国时期，楚人屈原不愿看着楚国灭亡，在五月五日这天抱着一块大石跳入汨罗江。为了纪念屈原，人们就将端午节当作纪念他的节日。

我是最早的粽子。

我是"升级粽"！

我害怕。

人们担心水中的鱼虾会伤害屈原，就把装有米的竹筒投进江里。这种粽子叫作"筒粽"。后来，人们对粽子进行了改良，又有了粽叶包的糯米粽子。

不过，端午节的习俗并不都与名人有关。由于端午节时气温较高，地面频繁出现五种有毒的动物：蜈蚣、蛇、蝎子、蟾蜍、壁虎。为了预防毒虫和疾病，人们会在这天携带香囊、喝雄黄酒、挂菖蒲。

乞巧

[唐] 林杰

七夕今宵看碧霄,
牵牛织女渡河桥。
家家乞巧望秋月,
穿尽红丝几万条。

注释

林杰：字智周，福建人，唐代诗人。
乞巧：农历七月七日，即七夕节。
碧霄：蓝色天空。

译文

七夕节的晚上，看着深蓝色的天空，
仿佛看见了在鹊桥相会的牛郎织女。
家家户户都一边赏月一边穿针引线，
穿过细针的红线都有数万条之多。

诗词博物志

七夕节·女生的针线比赛

农历七月七日是我国的传统节日七夕节。这个节日来自一个浪漫的传说：在农历七月七日的夜晚，被银河分开的牛郎和织女在鹊桥上相会。

七夕节有许多名字，乞巧节就是其中之一，是女子的专属节日。在节日当天，女子们用面粉、米粉制作成好吃的"巧果"，并将"巧果"摆在院子里，向月亮或织女祈求赐给自己一双巧手。

为了辨别出谁的手最巧，女孩子们还会在当天进行针线比赛：结彩线、穿七孔针。穿针最快的人称为"得巧"，动作慢的人称为"输巧"。输巧者要把提前准备好的礼物送给得巧者。

也有许多女孩子会在夜深人静的时候，偷偷躲在葡萄架下面听牛郎织女的悄悄话。据说，听到悄悄话的女孩子可以收获一段美好的爱情。

此外，蜘蛛是乞巧节最受欢迎的小动物。当天，女孩子会把蜘蛛放进小盒子里，蜘蛛织出的蛛丝越多，预示着得巧的概率越大。

十五夜望月

[唐] 王建

中庭地白树栖鸦,
冷露无声湿桂花。
今夜月明人尽望,
不知秋思落谁家?

注释

王建:字仲初,关辅(今属山西)人,唐代诗人,与张籍齐名,世称"张王"。
中庭:庭院中。
地白:月光照射在地面上。
冷露:秋天的露水。
尽:全部,都。
落:到。

译文

庭院中地面雪白,鸦雀栖息在树枝上,秋天的露水打湿了庭院中盛开的桂花。今晚,所有人都在仰望夜空中的圆月,只是不知道这思念之情落到了谁家?

诗词博物志　　中秋节·月饼的由来

"这是祭拜月神的，不能吃。"

"尝尝太师饼什么味道。"

古代人非常尊敬天，春分时祭日，秋分时祭月。到了唐朝，人们认为农历八月十五日的月亮最圆最亮，就将祭月活动改到这一天，取名中秋节。

殷商时期，人们为月神准备了许多瓜果点心。其中，就有一道为纪念太师闻仲而制作的"太师饼"。这种饼中间厚、边儿薄，形状似月亮，深受江浙一带百姓的喜爱。

"要把美食带回去。"

小时不识月，呼作白玉盘。
又疑瑶台镜，飞在青云端。
——[唐]李白《古朗月行》

到了汉朝，张骞出使西域之后，引进了芝麻、胡桃。人们在饼里加入芝麻、胡桃等馅料，取名"胡饼"，成为一种受欢迎的美食。

唐朝的时候，中秋节赏月的习俗更加盛行，李白也写诗歌颂月光的皎洁。据说，唐玄宗与杨贵妃一同赏月吃饼时，唐玄宗觉得胡饼的名字不好听，就将它改名为月饼。

"中秋节也叫团圆节。"

到了宋朝，吃月饼开始在民间盛行，人们还给月饼取了其他有趣的名字：小饼、月团。从这之后，月饼的形状渐渐趋于圆形，宛如一轮圆月，寓意阖家团圆。不过，这时人们只将月饼当作一种美食。直到明朝，中秋节吃月饼的习俗才大规模盛行。

节日当天，家家都要自己烤月饼，手巧的人还会将嫦娥奔月等图案印在月饼上，送给亲朋好友做礼物。

九月九日忆山东兄弟

[唐]王维

独在异乡为异客,
每逢佳节倍思亲。
遥知兄弟登高处,
遍插茱萸少一人。

注释

九月九日：重阳节。
山东：华山以东。
忆：思念。
登高：指重阳节登高的风俗。
茱萸：一种双子叶植物。古人认为它有驱邪避灾的作用。

译文

独自一人远离家乡在他乡作客，
每到重阳节时会加倍思念亲人。
遥想今日兄弟们登高时的情景，
身上插满了茱萸却只少我一人。

给孩子的博物古诗100首

漫画科普版

科学篇

漫阅童书 编绘

北京理工大学出版社

版权专有　侵权必究

图书在版编目（CIP）数据

给孩子的博物古诗 100 首 / 漫阅童书编绘 . -- 北京：北京理工大学出版社，2023.3
ISBN 978-7-5763-2152-4

Ⅰ . ①给… Ⅱ . ①漫… Ⅲ . ①古典诗歌—诗集—中国—儿童读物 Ⅳ . ① I222.72

中国国家版本馆 CIP 数据核字 (2023) 第 030853 号

作者简介：

漫阅童书是一家依托于成熟的畅销书运营能力迅速崛起的新兴童书品牌，以推动全民阅读为己任，以提高中国儿童阅读心智为目标，致力于打造和推广适合中国家庭阅读的精品原创童书，2020 年来多次荣获当当、京东、抖音等平台授予的优质合作伙伴、飞速增长供应商等荣誉称号。

出版发行 / 北京理工大学出版社有限公司	
社　　址 / 北京市海淀区中关村南大街 5 号	
邮　　编 / 100081	
电　　话 /（010）68944515（童书出版中心）	
网　　址 / http://www.bitpress.com.cn	
经　　销 / 全国各地新华书店	
印　　刷 / 雅迪云印（天津）科技有限公司	
开　　本 / 889 毫米 × 1194 毫米　1/16	
印　　张 /16	责任编辑 / 李慧智
字　　数 /400 千字	文字编辑 / 李慧智
版　　次 /2023 年 3 月第 1 版　2023 年 3 月第 1 次印刷	责任校对 / 刘亚男
定　　价 /158.00 元（全 4 册）	责任印制 / 王美丽

图书出现印装质量问题，请拨打售后服务热线，本社负责调换

前言

在《中国诗词大会》节目中，主持人董卿说："就像有人问世界著名登山家乔治·马洛里，为什么要攀登，马洛里回答，因为山就在那里。诗词也是如此，为什么要学诗，因为诗词就在那里，生生不息千年。"

古诗十分优美，但是在很多孩子眼里，它们就像是噩梦一样，因为古诗实在是太难背了。孩子一看到密密麻麻的原文、译文、注释就头疼，更别提理解古诗的意思了。

我们这套《给孩子的博物古诗》采用趣味漫画的形式，能够瞬间吸引孩子的兴趣，让孩子真正融入诗词的背景氛围里，了解古诗词背后的时代背景、人文逸事，拉近孩子与历史人物的距离，让记忆与知识迅速在孩子大脑中留下印象。

除此之外，在大语文时代，单纯地记忆背诵古诗词已经不能满足孩子全方位发展的需求，而应全力培养孩子的文、史、哲、艺等方面的能力，让孩子博学多识，成为多面手。为此，我们将本套书籍分为历史篇、文化篇、常识篇与科学篇。

本套书籍精选了100首古诗词，涵盖小学生必备75首古诗词，让孩子紧跟热点考点，学习快人一步。最后祝愿所有孩子都能快乐地学习古诗词，获得知识的享受！

文化篇：魅力无限的文化

诗人旅行爱去哪些地方？
才子文豪隐藏着什么绝技？
古代过节是一番什么样的景象？

科学篇：神奇的科学现象

风雨从哪儿来？
雪霜是怎么形成的？
为什么说花香长着"脚"？
为什么草儿不怕火焰？
为什么江水一半绯红一半翠蓝？

历史篇：源远流长的历史

为什么杜甫写的诗总是充满了忧愁？
古代人都从事什么职业？
豪情万丈的诗歌纪念的是哪些英杰？

常识篇：趣味十足的生活

古代诗歌从哪儿来？
诗歌的分类有几种？
古代也有"时装秀"？
诗人的朋友圈都有谁？

目录

第 1 辑　四时气象

长歌行：露水　　　　　　　　　　　　　　　　　/ 02
风：风从哪里来　　　　　　　　　　　　　　　　/ 04
清平调（其一）：空中的云朵　　　　　　　　　　/ 06
早春呈水部张十八员外（其一）：各有特色的雨　　/ 08
山行：凝华而成的霜　　　　　　　　　　　　　　/ 10
江雪：六片花瓣的雪花　　　　　　　　　　　　　/ 12

第 2 辑　花草鱼虫

江畔独步寻花（其六）：长着"脚"的香气　　　　/ 16
小池：洁净的荷花　　　　　　　　　　　　　　　/ 18
游园不值：花的颜色　　　　　　　　　　　　　　/ 20
己亥杂诗（其五）：消失不见的落花　　　　　　　/ 22
咏柳：草木中的繁殖达人　　　　　　　　　　　　/ 24
鹿柴：阴湿地面铺的"绿地毯"　　　　　　　　　/ 26
赋得古原草送别：奇特的肥料　　　　　　　　　　/ 28

竹石：竹子 / 30
江南：奇特的呼吸方式 / 32
蜂：酿蜜高手 / 34
舟夜书所见：会发光的萤火虫 / 36
所见：肚子里的"大鼓" / 38

第 3 辑　　壮美河山

渡荆门送别：海市蜃楼 / 42
望天门山：运动的青山 / 44
早发白帝城：让物体漂起来的浮力 / 46
望洞庭：最早的镜子 / 48
浪淘沙（其一）：黄河的颜色 / 50
暮江吟：水的颜色 / 52
题西林壁：奇怪的影像 / 54

第 1 辑
四时气象

变幻莫测的大自然，
牵动着每一个人的好奇心。
诗人也不禁好奇地问：
风从哪里来？
为什么露水一遇到太阳就消失不见？
像棉花似的云朵怎么变成了雨水？
那蒙蒙雾露为何是冰霜的前身？

长歌行

汉乐府

青青园中葵,朝露待日晞。
阳春布德泽,万物生光辉。
常恐秋节至,焜黄华叶衰。
百川东到海,何时复西归?
少壮不努力,老大徒伤悲!

注释

汉乐府:汉代专门管理乐舞演唱、练习的机构。乐府的职责之一是对从民间采集的歌谣或诗文配乐,后世将这样的诗歌称为"乐府诗"。

葵:一种蔬菜。

朝露:清晨的露水。

晞(xī):天亮,引申为阳光照耀。

德泽:恩泽。

秋节至:秋天到来。

焜(kūn)黄:草木枯黄。

华:同"花",读作huā。

衰:衰败、凋谢。

老大:老年。

徒:白白地。

译文

园中的葵菜都绿油油的,清晨的露水期待着阳光。
春光为大地带来了恩泽,万物都呈现出蓬勃生机。
常恐那肃杀的秋天降临,草木枯黄,花朵儿凋零。
百川奔腾着东流入大海,何时再回到原来的西境?
少壮之年若不及时努力,到了老年只能悔恨一生!

诗词博物志

露水

为什么秋天常有露水?

秋天的夜晚,大地的热量散发得很快。当气温降到露点以下、零摄氏度以上,地面或地物表面的水汽就会凝结成水滴,这就是露水。

所以,白居易夜游长江时,才会看到这样的景象:可怜九月初三夜,露似真珠月似弓。

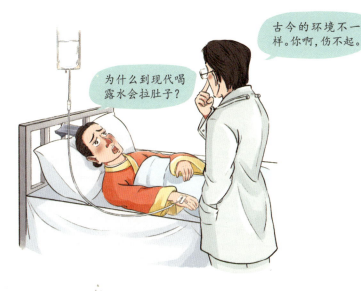

古代的文人雅士很喜欢露水。他们认为露水比井水更纯净,常用它来烹饪、煮茶。

汉武帝更是固执地认为,露水是天上的圣水,用它服用玉屑可以长生不老。

风

[唐] 李峤

解落三秋叶，
能开二月花。
过江千尺浪，
入竹万竿斜。

风有着变幻莫测的怪脾气。

注释

李峤（qiáo）：字巨山，赵郡赞皇（今属河北）人，唐代诗人，与苏味道、杜审言、崔融并称"文章四友"。

解落：脱落，这里指吹落。

三秋：农历九月，指晚秋。

二月：农历二月，指早春。

过：经过。

斜：倾斜，倒斜。

译文

能吹落秋天金黄的树叶，
能催开春天美丽的鲜花。
经过江面能够掀起巨浪，
吹入竹林能使万竿倾斜。

诗词博物志

风从哪里来

"今天真不该出门!"

这是一首咏物诗,也是一则巧妙的谜语。诗中写风,却没有提到风,难怪诗人晚年时被称作"文章宿老"。那么,风从哪里来呢?

"天气真热,如果有风吹过来就好了。"

在气温高的地方,空气会因"晒太阳"而体积膨胀、密度变小,向高处上升。

"凉爽多啦!"

热空气移开后,周围的冷空气就会横向流入,填补热空气的位置,这就产生了风。

"八级风可是能吹断树枝的!"

风的脾气很古怪,而且变幻莫测,有时风大,有时风小。气象学家将风力划分为18个等级,最小是0级,最大是17级。

"清风徐来,适合游玩!"

虽然古代没有科技产品,但古代人依旧能测风。东汉的天文学家张衡发明的"铜鸟"就能勘测风速和风向。

春日
[宋]朱熹
胜日寻芳泗水滨,
无边光景一时新。
等闲识得东风面,
万紫千红总是春。

在诗歌中,诗人也用风来代表四季。东风代表春季,南风代表夏季,西风代表秋季,北风代表冬季。

清平调（其一）

[唐]李白

云想衣裳花想容，
春风拂槛露华浓。
若非群玉山头见，
会向瑶台月下逢。

这是我专为贵妃写的诗。

注释

李白：字太白，号青莲居士，陇西成纪（今甘肃天水）人，唐代浪漫主义诗人。
清平调：唐朝的一种歌曲名，后用作词牌名。
槛：栏杆。
露华浓：牡丹花上晶莹的露珠，使花朵更显艳丽。
群玉：神话传说中的山名，是西王母的住处。
会：应。
瑶台：西王母居住的宫殿。

译文

云霞仿佛是她的衣裳，花儿宛若她的容貌，贵妃的美就像春风拂照下带着露珠的牡丹。如果不是群玉仙山上才能见到的飘飘仙女，那必定是只有在瑶台月下才能遇到的女神。

诗词博物志

空中的云朵

唐玄宗的贵妃杨玉环是中国古代四大美女之一,成语闭月羞花中的"闭月",说的就是她。难怪李白描写杨贵妃时,会说"云想衣裳花想容"。

那么,天上变化多端的云彩,又是怎么形成的呢?

其实,天上的云彩是水变成的。在阳光的照射下,地球表面的水蒸发,形成水蒸气。

这些水蒸气因受热膨胀而上升。在上升的过程中,水蒸气遇冷而液化成水滴或凝结成冰晶,它们聚合在一起,就形成了云。当云中的水滴大到大气托不住时,就会形成降雨。

早春呈水部张十八员外（其一）

[唐] 韩愈

将美景写成诗，邀请张籍一起游春。

天街小雨润如酥，
草色遥看近却无。
最是一年春好处，
绝胜烟柳满皇都。

注释

韩愈：字退之，河南河阳（今属河南孟州）人，唐代诗人。
呈：恭敬地送上。
水部张十八员外：指唐代诗人张籍。他在家族中排行第十八，曾任水部员外郎。
天街：京城的街道。
润如酥：形容春雨滋润细腻。酥，油酥。
处：时。
绝胜：远远超过。

译文

京城街道的细雨像酥油般滋润，
远看草色青青近看什么都没有。
早春是一年之中最美好的时节，
远远胜过那绿柳满皇城的春暮。

诗词博物志

各有特色的雨

和来去匆匆的夏雨不同，春雨缥缈细密，如牛毛，似花针。这是因为春雨和夏雨有着不同的成因。

这时候的衣服总也晾不干，所以梅雨也叫霉雨。

锋面雨

热得我都变轻了。

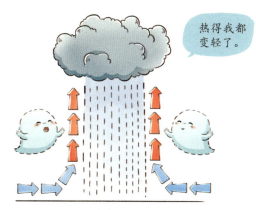

对流雨

在锋面活动中，暖湿气流升向上空时，由于气温不断降低，空气中的水汽遇冷凝结，形成降雨。这种雨叫作锋面雨。江南梅雨就是典型的锋面雨。春季多锋面雨。

对流雨是来自对流云中的降雨。地面温度较高时，地面的湿热空气迅速膨胀并上升，而上升气流中的水汽在高空遇冷凝结，形成对流雨。夏季多对流雨。

地形雨

台风雨

在高峰地区，湿气流被迫抬升到高空，遇冷凝结形成降雨。这种雨叫作地形雨。

台风活动引起的降雨叫作台风雨，常发生在热带海洋上和沿海地区。这是因为台风区内水分充沛，气流在上升过程中遇冷凝结，就会产成较大的降水。

山行

[唐] 杜牧

远上寒山石径斜,
白云生处有人家。
停车坐爱枫林晚,
霜叶红于二月花。

霜到底是什么呢?

注释

杜牧:字牧之,号樊川居士,唐代诗人,人称"小杜"。
寒山:深秋时节的山。
生:产生,生出。
坐:因为。

译文

远处高山上的小路蜿蜒曲折,
白云升腾的地方有几户人家。
停车是因为我爱看枫林晚景,
经霜的红叶比春花更加鲜艳。

诗词博物志

凝华而成的霜

唐太宗时,尼泊尔向中国进贡了菠菜种子,所以菠菜在唐朝十分珍贵。

不好啦!菠菜叶上长出冰晶了!

这些冰晶经阳光照耀就会消失的。

在寒冷季节里,在微风轻拂、天气清明的夜晚,土地、植物常覆盖着一层洁白剔透的冰晶,这就是霜。

什么是凝华呢?

你变样子啦!

和雨、雪不同,霜不是从天而降的,而是空气中的水蒸气遇冷凝华结成的。

我们将物质跳过液态直接从气态变为固态的物理现象,叫作凝华。

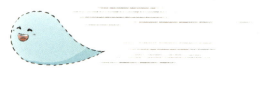

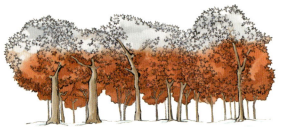

天气冷了,该穿厚衣裳了。

当空气中的水蒸气接触到冰冷的物体,由于物体温度比水蒸气低,水蒸气受冷,温度降至零摄氏度以下,水蒸气就会因凝华形成霜了。

在二十四节气中,唯一以"霜"为名的节气是霜降。不过,霜降节气不是表示结霜,而是表示气温骤然下降。

江雪

[唐] 柳宗元

千山鸟飞绝，
万径人踪灭。
孤舟蓑笠翁，
独钓寒江雪。

这么大的风雪，渔翁还能专心钓鱼，值得敬佩！

注释

柳宗元：字子厚，河东郡（今山西）人，唐代诗人，世称"柳河东""河东先生"。
绝：无，没有。
径：道路。
人踪：人的脚印。
蓑笠（suō lì）：蓑衣和斗笠。蓑，古代用来防雨的衣服。笠，古代用来防雨的帽子。

译文

群山中的飞鸟不见踪迹，
所有的道路都不见人影。
孤舟上的渔翁披蓑戴笠，
独自在寒冷的江面钓鱼。

诗词博物志

六片花瓣的雪花

隆冬时节，洁白的雪花装点大地。那么，雪是怎么形成的呢？

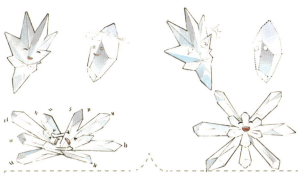

云中的小冰晶很调皮，总在云中撞来碰去。有的小冰晶因此而融化，有的小冰晶却粘到了一起，变成大冰晶。

由于云中还有水汽，冰晶也会因凝华变得更大。当冰晶大到大气无法托住它时，就形成了降雪。

和其他的花儿一样，雪花也有花瓣。早在西汉时期，就有人发现，寻常花朵大多有五瓣花瓣，而雪花则有六瓣。

古代人很期待下大雪，民间至今还流传着"瑞雪兆丰年"的俗语。这是因为积雪能够阻隔冷空气，使土壤保存热量。

春天到来时，积雪消融成水。由于雪中含有丰富的氮，渗透进土壤就像为作物施了肥料。

在异常寒冷的北极，雪还是一种建筑材料。因纽特人居住的雪屋，就是由雪砖垒砌的。雪屋不但能抵御寒风，还能在屋内生火取暖。

第 2 辑
花草鱼虫

奇妙的科学浸润着世间万物,
花草鱼虫也不例外。
荷花拥有"自洁模式",
草灰是天然的肥料,
鱼儿不怕水的秘密被揭晓,
聒噪的蝉鸣也找到了答案。

江畔独步寻花（其六）

［唐］杜甫

黄四娘家花满蹊，
千朵万朵压枝低。
留连戏蝶时时舞，
自在娇莺恰恰啼。

注释

杜甫：字子美，号少陵野老，出生于河南巩县（今巩义市），祖籍湖北襄阳，唐代现实主义诗人。
黄四娘：杜甫住成都草堂时的邻居。
蹊（xī）：小路。
留连：舍不得离去。

译文

黄四娘家周围小路旁开满鲜花，万千花朵压弯了花枝低垂地面。眷恋芬芳花朵的彩蝶时时飞舞，自由自在的黄莺"恰恰"啼鸣。

诗词博物志

长着"脚"的香气

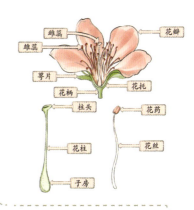

为什么鲜花会散发香气,而我们又能闻到花香呢?

在植物体内,有一种很薄的细胞组织,我们称其为"薄壁组织",它能帮助植物恢复生机,也能帮助植物、通气、吸收营养,也被称为"营养组织"。

薄壁组织中有许多油细胞,它们会分泌出具有香气的芳香油。

芳香油很容易扩散到空气里,形成气体分子。它们在空气中扩散后,就会"钻"进我们的鼻子。

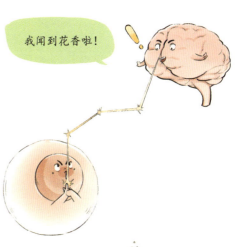

不过,真正让我们闻到花香的并不是鼻子。事实上,我们的鼻腔并不能产生嗅觉,它只是将气体分子"传送"到鼻腔后部的嗅觉上皮。嗅觉上皮密布着数不清的嗅觉细胞。

不同的气体分子会让嗅觉细胞产生不同的信号,传递给大脑,我们就闻到缕缕香气了。

小池

[宋] 杨万里

泉眼无声惜细流,
树荫照水爱晴柔。
小荷才露尖尖角,
早有蜻蜓立上头。

初夏的风光真美呀。

注释

杨万里：字廷秀，号诚斋，吉水（今属江西）人，南宋诗人。
泉眼：泉水的出口。
照水：映照在水中。
惜：吝啬，吝惜。
晴柔：晴天柔和的风光。
尖尖角：初出水面还没有舒展的荷叶尖端。

译文

泉眼无声地流淌着似乎很珍惜那泉水，映在水面的树荫喜欢晴天柔和的风光。刚探出水面的荷叶露出那尖尖的叶角，早已有一只小小的蜻蜓落在它的上头。

诗词博物志

洁净的荷花

一亿多年前,地球的大部分被海洋、湖泊覆盖,生存环境十分恶劣,只有生命力极强的动植物才能生存下来,荷花就是其中之一。

晓出净慈寺送林子方
毕竟西湖六月中,
风光不与四时同。
接天莲叶无穷碧,
映日荷花别样红。

六月花神　水芙蓉　莲花

出淤泥而不染,
濯清涟而不妖。
——《爱莲说》

人们很喜欢荷花,为它取了许多名字,比如莲花、水芙蓉、六月花神。难怪杨万里的另一首诗中会同时出现"莲叶""荷花"呢。

北宋周敦颐最爱荷花的气节。他说,荷花生长在淤泥中,但却清丽洁净,丝毫没有被污泥所沾染。

我怎么看不见绒毛?

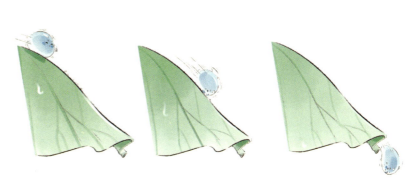

荷叶表面密布着非常细小的绒毛,能帮助荷叶抵挡灰尘。

下雨时,由于雨水无法接触到荷叶的底部,只能在绒毛上不停翻滚,直到滚下荷叶,而沾在荷叶上的灰尘也随之而去。

游园不值

［宋］叶绍翁

> 虽然没见到想见的人,但也算不虚此行啦。

应怜屐齿印苍苔,

小扣柴扉久不开。

春色满园关不住,

一枝红杏出墙来。

叶绍翁：字嗣宗,号靖逸,龙泉（今属浙江）人,南宋诗人。

不值：没有遇到。值,遇到。

应：大概,表示猜测。

怜：爱惜。

屐（jī）齿：木屐底下凸出像齿的部分,有防滑作用。

印苍苔：在青苔上留下印迹。

小扣：轻轻地敲。

柴扉：用木柴、树枝编成的门。

也许是主人怕我的木屐踏坏了青苔,站在柴门外敲了很久也无人来开门。不过园里的春光是无法被禁锢住的,一枝粉红的杏花从墙头伸展了出来。

诗词博物志

花的颜色

花朵为什么有这么多的颜色?

一年四季中,每个季节都有花朵绽放。那些花朵形态各异,有红的、白的、粉的、黄的,色彩缤纷,美丽极了。

这是因为植物的花瓣中含有丰富的色素。

其中,主要的三类色素包括花青素、类胡萝卜素和类黄酮素。

花儿、水果中都有我的身影。

想延缓衰老就多吃胡萝卜。

医生们还用我研制出了许多药物!

我还能抗氧化、调节人体的免疫力呢!

花青素能让花朵呈现深红色、粉红色、蓝色、紫色。红莓、樱桃、蓝莓、桑葚中都含有花青素。

类胡萝卜素能让花朵呈现橘黄色、橘色、橘红色。胡萝卜中就含有大量的类胡萝卜素。

类黄酮素能使花朵呈现深浅不同的黄色,比如银杏叶。

己亥杂诗（其五）

［清］龚自珍

浩荡离愁白日斜，
吟鞭东指即天涯。
落红不是无情物，
化作春泥更护花。

注释

龚自珍：字璱人，浙江仁和（今杭州）人，清代诗人。
己亥（hài）杂诗：是龚自珍在己亥年（1839年）写的一组诗，共315首，取名《己亥杂诗》。
浩荡：无限。
东指：东方的故乡。
即：到。
落红：落花。

译文

无限的离别愁绪向落日的远处延伸，
高高扬起马鞭去往远在天涯的故乡。
凋零的花瓣并不是对花儿无情之物，
它融入泥土是为了更好地呵护花儿。

诗词博物志　消失不见的落花

父亲,为什么不扔掉杂草呢?

杂草、落叶是宝贝,和入粪土里能为土壤增肥。

花瓣哪儿去了?

你观察过身边的植物吗?为什么花儿、叶儿落到地上后,会慢慢地与泥土融为一体呢?

其实,这是物质在生物和无机环境之间的循环现象。古人很早就学会利用这个现象为土壤增肥了。

我居然也是凋零物!

科学家将植物枯萎落下的花瓣、叶子、树皮、果实等称为凋零物。

在微生物眼中,凋零物就像一顿从天而降的大餐。

经过矿质化过程和腐殖化过程,凋零物就能转变成被植物吸收的养分。"化作春泥更护花"说的就是这一科学现象。

咏柳

[唐] 贺知章

碧玉妆成一树高,
万条垂下绿丝绦。
不知细叶谁裁出,
二月春风似剪刀。

注释

贺知章：字季真，号四明狂客，越州永兴（今浙江杭州）人，唐代诗人。
碧玉：青绿色的玉石，这里形容春天嫩绿的柳叶。
妆成：打扮，妆饰。
绦（tāo）：丝带，这里指细软的柳枝。
裁（cái）：裁剪。

译文

高高的柳树像用碧绿的玉石装扮而成，千丝万缕的枝条像绿色丝带随风摇曳。不知道那细细的柳叶是谁裁剪出来的，二月凛冽的春风如同一把锋利的剪刀。

诗词博物志　草木中的繁殖达人

"碧玉妆成一树高，万条垂下绿丝绦。"

"一树春风千万枝，嫩于金色软于丝。"

"杨柳千条拂面丝，绿烟金穗不胜吹。"

作为春天的象征，姿态婀娜的柳树很受欢迎，诗歌里常常出现它的身影。

"大家都用"柳"来形容我的美丽。"

柳叶细细长长，柳枝纤细柔软，"柳眉""柳腰"也成为形容女子貌美的词语。

编织物

炒柳芽

柳树不仅形态优美，其叶子和枝条还可以做成餐桌上的美食和实用的家居用品。

"用不了多久，柳枝就能生根长成植株啦。"

柳树还拥有强大的繁殖能力。俗语"无心插柳柳成荫"，就是指柳树的扦插繁殖方法。将剪取的柳枝插入泥土，就能重新长出一株柳树。

"浸泡过柳条的水还可以当"生根水"。"

这是因为柳条中含有丰富的水杨酸，能够促进植物生根。所以，浸泡过柳枝的水还能促进其他植物的生长。

"鼻子好痒！"

除了扦插繁殖，柳树还可以通过开花、授粉、播种繁殖。轻飘飘、毛绒绒的柳絮里裹着柳树的种子，它们随风四散，在泥土中生根发芽。

鹿柴

[唐] 王维

空山不见人,
但闻人语响。
返景入深林,
复照青苔上。

别人写古木飞瀑,那我就写幽静的山谷!

注释

王维:字摩诘,号摩诘居士,河东蒲州(今山西永济)人,唐代诗人,诗与孟浩然齐名,史称"王孟"。
鹿柴:诗人晚年隐居辋川(今陕西蓝田)附近的地名。柴,在诗中读作 zhài。
空山:人烟稀少的山中。
但闻:只听见。
返景:同"返影",太阳将落时通过云彩反射的阳光。

译文

空寂的山里看不见人的踪影,
只隐约听到人们说话的声音。
反射的日光照进幽静的深山,
又映照在那青绿色的苔藓上。

诗词博物志

阴湿地面铺的"绿地毯"

大多数的植物都有根、茎、叶,但苔藓植物却是一个例外。

苔藓的身材十分矮小,没有真正的根、茎和叶子。

苔藓喜欢阴凉、潮湿的环境。即使没有土壤,只要有水和阳光,它们就能大片丛生。

强大的生命力,让苔藓的足迹遍布各地。热带地区、冰原地带、平地、高山、岩石、树皮、水面,甚至水底,都能成为它们的家园。

生长在沼泽土地上的泥炭藓不仅是一种中草药,晒干以后还能用来发电呢!

赋得古原草送别

[唐] 白居易

离离原上草，一岁一枯荣。
野火烧不尽，春风吹又生。
远芳侵古道，晴翠接荒城。
又送王孙去，萋萋满别情。

注释

白居易：字乐天，晚年号香山居士，出生于河南新郑，祖籍山西太原，唐代现实主义诗人。
赋得：古代按指定题目作诗，诗名前需加"赋得"二字。
离离：繁茂的样子。
侵：长满。
萋萋：草木长得茂盛的样子。

译文

多么茂盛的原上草呀，年年枯萎又年年繁盛。熊熊的烈火烧不尽它，春风一吹又重获新生。远处的芳草长满古道，草木晴翠连接着荒城。我又在这里送别朋友，繁茂的芳草满含别情。

诗词博物志

奇特的肥料

草是草本植物的总称,有蒲苇、马蹄金、紫田根等上百个种类。在草的叶子上,有许多肉眼看不见的小孔,它们就像草的鼻子,帮助草进行呼吸。

二氧化碳(CO_2)。

氧气(O_2)

草在进行呼吸时,就像一台"空气净化器",它们吸入人们呼出的二氧化碳,吐出人们需要的氧气。

再大的火,也不怕。

草的生命力十分顽强,即使遇到大火燎原,也可以在来年春天重获新生。这是因为草的"心脏"——根,藏在地下,只要草根不受破坏,就可以一直存活。

小草,小草,来年长得更好。

草和庄稼一样,需要丰富的营养才能长得繁茂,但平时很少有人给草施肥。秋冬时节,人们为了处理枯草,通常会选择火烧。

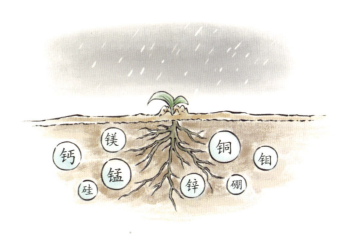

草被烧成灰后,灰烬中会保留一些矿物成分。当雨水降临,这些灰可以随着雨水渗入土壤中。这样一来,矿物成分也会进入土壤,就像为土壤施了肥一样。

竹石

[清] 郑燮

咬定青山不放松,
立根原在破岩中。
千磨万击还坚劲,
任尔东西南北风。

熊猫爱吃竹子,我爱吃竹笋。

注释

郑燮（xiè）：字克柔，号板桥先生，江苏兴化人，祖籍苏州，清代诗人。
咬定：比喻竹子扎根很深，就像嘴巴咬着不松口似的。
立根：扎根。
任：任凭。
尔：你。
东西南北风：来自四面八方的风。

译文

绿竹紧紧地咬住青山不松口，
竹根深深扎进岩石的缝隙中。
经历无数磨难依然那么坚韧，
任凭你是东风西风南风北风。

诗词博物志　　竹子

竹子、梅花、松树有一个共同的特点：不畏严寒，人们称它们为"岁寒三友"。

别被竹子高大、挺拔的外表所迷惑，它可是草本植物呢！

草儿大多身形矮小，为什么竹子长得那么高呢？

与青草不同，竹子萌芽的时间很晚，生长速度也很慢，头两三年可能只长几厘米。这是因为竹子将大量的时间都花在了扎根上。

一旦竹子扎稳了根系，就会以惊人的速度向上生长，一两个月就能长到十余米的高度。

因为竹茎中空外直，古代人也用竹子形容谦虚、高尚的君子。

江南

汉乐府

江南可采莲,
莲叶何田田。
鱼戏莲叶间。
鱼戏莲叶东,
鱼戏莲叶西,
鱼戏莲叶南,
鱼戏莲叶北。

注释

江南：这里指长江以南。
可：正好，适宜。
何：多么。
田田：形容莲叶碧绿劲秀的样子。
鱼戏：形容鱼儿在水中往来游动。戏，嬉戏，玩耍。

译文

在江南适合采摘莲蓬的时节，
莲叶多么碧绿劲秀呀。
鱼儿在莲叶间嬉戏。
鱼儿在莲叶东边嬉戏，
鱼儿在莲叶西边嬉戏，
鱼儿在莲叶南边嬉戏，
鱼儿在莲叶北边嬉戏。

一边唱歌一边劳动，快乐加倍！

诗词博物志　　奇特的呼吸方式

和人类一样，水中的游鱼也需要呼吸氧气。那么，鱼儿是怎么呼吸的呢？

鱼鳃是鱼儿的主要呼吸器官。鱼儿在水中时，每个鳃片、鳃丝、鳃小片都会完全张开，扩大鳃与水接触的面积。当水进入鱼儿的口中，经过鳃排出的时候，鳃小片内密布的血管就会进行气体交换，从而获得氧气。

不过，并不是所有的鱼都只用鳃进行呼吸，有的鱼还可以通过皮肤呼吸，例如弹涂鱼；有的鱼则和人类一样会用肺呼吸，例如肺鱼。

蜂

［唐］罗隐

不论平地与山尖，

无限风光尽被占。

采得百花成蜜后，

为谁辛苦为谁甜？

注释

罗隐：字昭谏，杭州新城（今属浙江富阳）人，唐代诗人。

山尖：山峰。

占：占据，占有。

成蜜：酿成蜂蜜。

译文

无论是平坦的原野还是高耸的山峰，凡是花朵盛开的地方都被蜜蜂占据。辛勤采集百花才酿成了甘甜的蜂蜜，你到底为谁辛苦又为谁酿造蜂蜜呢？

诗词博物志

酿蜜高手

半开的花朵不甜!

你怎么走了?

从蜜蜂的名字就能看出来,它是数一数二的酿蜜高手!那么,你知道蜜蜂是怎么酿蜜的吗?

蜜蜂对花朵很挑剔,只采集盛开鲜花的蜜汁。

在蜜蜂的嘴巴里,有一对左右对称的、像斧子形状的上颚,能咀嚼花粉和建筑蜂巢。

蜜蜂的下颚和舌头长在一起,形状就像一根细长的吸管。蜜蜂就是靠它来吸食花蜜。

别去,它很厉害!

不许吃我的蜂蜜!

蜜蜂采集好花蜜飞回蜂巢后,就把混合着消化酶的蜜汁从肚子里吐出来,储藏在六边形的蜂巢格子里。

经过一段时间的蒸发,蜜汁就会变成黏稠的蜂蜜。

舟夜书所见

[清] 查慎行

月黑见渔灯,
孤光一点萤。
微微风簇浪,
散作满河星。

微弱的灯光就像发亮的萤火虫!

注释

查慎(zhā shèn)行:字夏重,号查田,浙江海宁人,清代诗人。
孤光:孤零零的灯光。
萤:萤火虫。
簇(cù):聚集,簇拥。

译文

看不见月亮的黑夜但见一盏鱼灯,
孤零零的灯光像萤火虫发出的光芒。
微风拂过河水泛起层层波浪,
河水映照散开的灯光像散落的星星。

诗词博物志

会发光的萤火虫

萤火虫的腹部末端有个"小灯笼",能发出橙色、红色、黄色、绿色、黄绿色的荧光,所以也叫火金姑、亮火虫。那么,为什么萤火虫能发光呢?

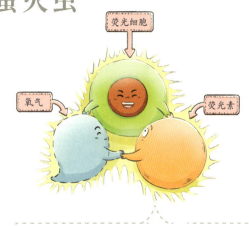

萤火虫身上的"小灯笼"含有荧光素,在氧化还原反应下,荧光细胞和荧光素产生作用,发出细弱的光芒。

萤火虫不是每时每刻都发光。对于萤火虫来说,荧光更像一种交流信号。当它们遇到天敌时,就会通过发光来提醒同伴。

荧光还是它们表达爱意的语言。萤火虫在求偶时,会发出特定频率的光芒。

一只萤火虫发出的光很微弱,所以诗人才能将孤零零的渔灯比作萤火虫的荧光。不过,当很多萤火虫聚在一起时,光就会变得很明亮。

东晋的车胤就是借助萤火虫的光芒学习的,最后成为朝中重臣。

所见

[清] 袁枚

牧童骑黄牛,
歌声振林樾。
意欲捕鸣蝉,
忽然闭口立。

注释

袁枚:字子才,号简斋,钱塘(今属杭州)人,清代诗人。
振:震荡、回荡,这里指牧童的歌声嘹亮。
林樾(yuè):树林的阴影。樾,树荫。

译文

牧童骑着黄牛,
嘹亮的歌声在树林之中回响。
他想要捕捉树上鸣叫的蝉,
忽然闭上嘴巴静悄悄地站在树旁。

诗词博物志　　肚子里的"大鼓"

蝉是昆虫世界的"男高音"。别看它个头不大，只有2~5厘米，却有着特别清脆、响亮的歌声。

小小的蝉为什么能获得男高音的称号呢？原来，蝉并不是用嘴巴歌唱的。

蝉的嘴巴像一根针，每当饥饿、口渴的时候，蝉就会用尖细的口器刺破植物的茎干，吸吮植物的汁液。

蝉的肚子像蒙上了一层鼓膜的大鼓。这种结构只有雄蝉才有，年幼的蝉和雌蝉是发不出声音的。

当鼓膜受到振动，就能发出声音。在一秒钟的时间里，蝉的肌肉能伸缩约一万次，由于盖板和鼓膜之间是中空的，能产生共鸣，所以蝉的声音特别响亮。

到了夏季，雄蝉每天都会"知了，知了"地唱个不停，目的是吸引雌蝉，繁殖后代。所以，蝉也叫知了。

第 3 辑
壮美河山

诗人笔下的河山不但壮美，
还蕴藏着奇妙的科学。
李白发现岸边青山会运动，
刘禹锡好奇黄河中泥沙从哪儿来，
白居易眼中的水色，一半蓝一半红，
苏轼明白了庐山面目的真相。

渡荆门送别

［唐］李白

渡远荆门外，来从楚国游。
山随平野尽，江入大荒流。
月下飞天镜，云生结海楼。
仍怜故乡水，万里送行舟。

要是我也能住到云彩城里，那该多好呀！

注释

荆门：指荆门山，位于今湖北宜都境内。
从：往。
楚国：楚地，这里指今湖北一带。
大荒：辽阔无际的原野。
海楼：海市蜃楼。这里形容江上变幻莫测的云霞奇观。
怜：怜爱。
故乡水：指从李白故乡流来的江水。

译文

我乘船渡江来到遥远的荆门之外，到战国时期的楚地游览大好风光。高山随着原野的出现一点点消失，江水仿佛流入那无边无际的原野。水中的月影仿若天上飞来的镜子，空中云彩缔结成奇异的蜃楼景观。但我还是爱恋从故乡流来的江水，它奔腾不息陪伴我驶过漫漫长路。

诗词博物志

海市蜃楼

传说，海上住着一种叫蜃的海怪，吐出的气能幻化成亭台楼阁、车马人物，迷惑人的心智。

没有人见过蜃的模样，有人说，它长得像大牡蛎，也有人说它是一种蛟龙。

诗中的"海楼"，说的就是这种奇异景象——海市蜃楼。

其实，海市蜃楼并非海怪的幻术，也不是李白认为的"云生结海楼"，它是一种光学现象。

在同一种均匀的介质中，光沿直线传播。如果光斜射入不同的介质，就会形成折射。

当天气温差较大时，光从一个空气层进入另一个密度不同的空气层，就会因折射而形成物体的虚像，形成李白看到的蜃楼奇观。

望天门山

[唐] 李白

天门中断楚江开,
碧水东流至此回。
两岸青山相对出,
孤帆一片日边来。

快看,山在运动呢!

注释

天门山:是东梁山和西梁山的合称,位于今安徽省境内。因梁山隔江相望,像天然形成的大门,故得此名。
楚江:古时候,长江中下游部分河段流经楚地,所以这部分河段叫作楚江。
开:断开。
两岸青山:分别指东梁山和西梁山。
出:突出,出现。

译文

天门山像被楚江从中间冲开似的,碧绿东流的江水流到这里又流回。两岸耸立的青山相对如迎接远客,江上漂摇的孤舟仿佛从日边驶来。

诗词博物志　　运动的青山

比一比,谁跑得更快!

当然是我啦!

跑不动了,歇一会儿吧。

那我们现在是静止了吗?

在生活中,我们所看到的物体无时无刻不在发生着运动。比如,飘浮在天边的白云,奔腾不息的江河。

白云、江河在运动时,由于位置随着时间而发生改变,我们将这种运动叫作机械运动。

咦?究竟是我在运动,还是山在运动?

用茶壶做参照物吧!

物体是否在运动,这似乎很好判断。比如,李白诗中的船是运动的,而两岸的青山是静止的。但事实真的是这样吗?

要判断物体是运动的,还是静止的,首先要选取一个参照物。

它们的位置没发生变化,茶杯是静止的。

茶壶没动,但茶杯和茶壶的距离变远了,所以茶杯是运动的。

没想到吧,我的诗中还藏着物理知识呢!

当物体的位置与参照物发生了变化,物体就是运动的,反之则是静止的。

比如,当以地面作为参照物时,青山就是静止的;当以太阳作为参照物时,青山就是运动的。现在,你知道该怎么判断物体的运动和静止了吗?

早发白帝城

[唐] 李白

朝辞白帝彩云间,
千里江陵一日还。
两岸猿声啼不住,
轻舟已过万重山。

注释

白帝城:城名,位于今重庆奉节东的白帝山上。
彩云间:形容白帝城地势高峻,仿佛耸入云间。
啼:鸣叫。
万重山:形容群山绵延。

译文

清晨告别了高耸入云的白帝城,
千里之外的江陵一天就能回还。
两岸的猿猴不停地在耳畔啼叫,
不知不觉轻舟已穿过万重山峰。

诗词博物志　　让物体漂起来的浮力

别研究石头啦,快点儿上船吧!

真奇怪。

石块浸入水中后会下沉,为什么比它沉重数千万倍的船却能漂浮在水面上呢?

船能漂浮在水面上,是因为水对船有一个向上托起来的力——浮力。

在同一片水域,水能够托起船,却无法托起石块。难道水只对船产生浮力吗?

其实,水对任何浸入水中的物体,都会产生浮力。只是浮力是否大于物体所受到的重力,决定了物体是否能够漂浮在水面。

我们用 F 表示浮力,用 G 表示排出液体的重力。

据说,两千多年以前,古希腊学者阿基米德鉴定皇冠时,发现物体浸泡在液体中时,物体排开的液体所受的重力与它所受到的浮力大小相等。

因此,想让物体漂浮在水面上,就要让物体受到的浮力大于自身受到的重力。钢铁制作的轮船、潜水艇以及飞上天空的热气球,利用的都是这个原理。

47

望洞庭

[唐] 刘禹锡

湖光秋月两相和,
潭面无风镜未磨。
遥望洞庭山水翠,
白银盘里一青螺。

发明镜子以前,人们都是用水照镜子。

注释

刘禹锡:字梦得,河南洛阳人,唐代诗人。

洞庭:湖名,位于今湖南省境内。

白银盘:银白色的盘子,这里形容洞庭湖的水色。

青螺:青色的螺,这里比喻洞庭湖中的君山。

译文

洞庭湖的水色与秋月交织在一起,平静的水面就像未经磨洗的铜镜。远远望去洞庭湖的山水苍翠如墨,恰似白色银盘里托着青色的田螺。

诗词博物志

最早的镜子

在湖南省内,有一处美不胜收的水上风光——洞庭湖。据说,刘禹锡被贬后曾六次来到洞庭湖。

在他的眼中,那与月色交融的湖水,就像经鬼斧神工雕琢的艺术品:像一面未打磨的铜镜,又像银盘托着一枚青螺。

刘禹锡的比喻一点儿不错。水中倒影就像一面天然的镜子。那么,水中倒影究竟是怎么回事呢?

其实,水中倒影的原理是光的反射现象。光在直线传播时,遇到水面、玻璃等物体时,会改变光的传播方向,又返回到原来的物质中,科学家将这一现象叫作光的反射。

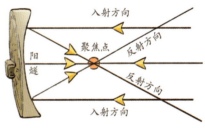

早在周朝的时候,古人就能熟练运用光的反射现象,发明出了用来取火的凹面铜镜——阳燧。

将阳燧的凹面对着太阳,光直射到凹面镜后,就会从不同的角度反射,而反射的光线在凹面曲弧的作用下,从不同角度聚集到一个点上。这个点距离镜面一两寸,像芝麻豆子般大小,落到干草上就能起火。

浪淘沙（其一）

[唐] 刘禹锡

九曲黄河万里沙，

浪淘风簸自天涯。

如今直上银河去，

同到牵牛织女家。

《浪淘沙》是我和白居易的原创乐曲哦！

注释

浪淘沙：唐代的曲名。

九曲：形容黄河蜿蜒曲折。

簸（bǒ）：颠簸。

自：来自。

译文

蜿蜒曲折的黄河裹挟着万里泥沙，

波涛滚滚犹如飓风颠簸来自天涯。

如今可以沿着黄河径直来到银河，

和黄河一起拜访牛郎、织女的家。

诗词博物志　黄河的颜色

　　黄河是我国第二长的河流，孕育了灿烂的华夏文明，被誉为中华民族的"母亲河"。

　　黄河的大部分流域位于黄土高原。由于黄土地质疏松，奔腾汹涌的河水流经时，卷走了大量的黄土、泥沙，使河水呈现出混浊的黄色。于是，人们就称这条河流为黄河。不过，黄河的河水并不都是黄色的，黄河上游的河水就清澈很多。

暮江吟

[唐] 白居易

一道残阳铺水中,
半江瑟瑟半江红。
可怜九月初三夜,
露似真珠月似弓。

注释

暮:黄昏。
吟:古代诗歌的一种体裁。
瑟瑟:形容江水碧绿。
可怜:可爱。
真珠:这里指珍珠。

译文

一道夕阳的余晖铺洒在江水之中,
一半江水碧绿一半江水染得绯红。
最令人怜爱的是九月初三的月夜,
滴滴清露似珍珠一轮新月似弯弓。

诗词博物志

水的颜色

"长江水半红半绿,美极了。"
"真的呀?有机会我也要去看看。"
"我有一个问题……"
"江南可美啦,江水绿得发蓝。"
"真羡慕你!"
"为啥喝的水是透明的呢?"

诗歌里水有很多颜色。白居易去杭州做官的路上,说长江水一半碧绿一半绯红。多年以后,他返回北方,回忆起江南,又说江南水色像蓝草般湛蓝。江水究竟是什么颜色呢?

日照雨滴实验

将白色的阳光分解成多种颜色的过程叫作色散。

彩虹就是阳光色散的过程。

"阳光暖暖的,海风咸咸的。"

水本身是无色透明的液体。白居易说水有不同的颜色,这其实是水和水中的生物对太阳光线的吸收和色散呈现出的颜色。

太阳散射光线有七种颜色:红、橙、黄、绿、青、蓝、紫,每种颜色光的波长都不相同。

水吸收光波后,就很难呈现出光的颜色了。其中,红光、黄光和绿光最易被吸收,而蓝光最不易被吸收,它最容易被散射和反射,所以海水看起来是蓝色的。

"好邻居,你的身上怎么有光?"
"你的身上也有呢。"

那江水、湖泊为什么还能呈现出其他颜色呢?原来,水中有许多浮游生物、藻类和其他杂质。

这些"水底居民"会影响光的直线传播,使光向四面八方散射,让水呈现出其他颜色。

题西林壁

［宋］苏轼

横看成岭侧成峰,
远近高低各不同。
不识庐山真面目,
只缘身在此山中。

注释

苏轼：字子瞻，号东坡居士，眉州眉山（今属四川）人，北宋文学家、书画家、美食家，是"唐宋八大家"之一。

题西林壁：在西林寺的墙壁上题词。题，题写。西林，江西庐山的西林寺。

横看：由于庐山是南北走向，所以横看指的是从庐山的东面看到西面。

真面目：指庐山真实的面貌。

缘：因为。

译文

正面看庐山是山岭侧面看庐山是险峰，远近高低四个视角下的庐山都不相同。我之所以一直看不清庐山的真实面貌，只是因为我本身就处在庐山之中罢了。

给孩子的
博物古诗 100首

漫画科普版

历史篇

漫阅童书 ◎ 编绘

北京理工大学出版社

版权专有　侵权必究

图书在版编目（CIP）数据

给孩子的博物古诗100首 / 漫阅童书编绘 . -- 北京：北京理工大学出版社 , 2023.3
ISBN 978-7-5763-2152-4

Ⅰ. ①给… Ⅱ. ①漫… Ⅲ. ①古典诗歌—诗集—中国—儿童读物 Ⅳ. ① I222.72

中国国家版本馆 CIP 数据核字 (2023) 第 030853 号

作者简介：

漫阅童书是一家依托于成熟的畅销书运营能力迅速崛起的新兴童书品牌，以推动全民阅读为己任，以提高中国儿童阅读心智为目标，致力于打造和推广适合中国家庭阅读的精品原创童书，2020年来多次荣获当当、京东、抖音等平台授予的优质合作伙伴、飞速增长供应商等荣誉称号。

出版发行 / 北京理工大学出版社有限公司	
社　　址 / 北京市海淀区中关村南大街 5 号	
邮　　编 /100081	
电　　话 /（010）68944515（童书出版中心）	
网　　址 / http://www.bitpress.com.cn	
经　　销 / 全国各地新华书店	
印　　刷 / 雅迪云印（天津）科技有限公司	
开　　本 / 889 毫米 ×1194 毫米　1/16	
印　　张 /16	责任编辑 / 李慧智
字　　数 /400 千字	文字编辑 / 李慧智
版　　次 /2023 年 3 月第 1 版　2023 年 3 月第 1 次印刷	责任校对 / 刘亚男
定　　价 /158.00 元（全 4 册）	责任印制 / 王美丽

图书出现印装质量问题，请拨打售后服务热线，本社负责调换

前言

在《中国诗词大会》节目中,主持人董卿说:"就像有人问世界著名登山家乔治·马洛里,为什么要攀登,马洛里回答,因为山就在那里。诗词也是如此,为什么要学诗,因为诗词就在那里,生生不息千年。"

古诗十分优美,但是在很多孩子眼里,它们就像是噩梦一样,因为古诗实在是太难背了。孩子一看到密密麻麻的原文、译文、注释就头疼,更别提理解古诗的意思了。

我们这套《给孩子的博物古诗》采用趣味漫画的形式,能够瞬间吸引孩子的兴趣,让孩子真正融入诗词的背景氛围里,了解古诗词背后的时代背景、人文逸事,拉近孩子与历史人物的距离,让记忆与知识迅速在孩子大脑中留下印象。

除此之外,在大语文时代,单纯地记忆背诵古诗词已经不能满足孩子全方位发展的需求,而应全力培养孩子的文、史、哲、艺等方面的能力,让孩子博学多识,成为多面手。为此,我们将本套书籍分为历史篇、文化篇、常识篇与科学篇。

本套书籍精选了100首古诗词,涵盖小学生必备75首古诗词,让孩子紧跟热点考点,学习快人一步。最后祝愿所有孩子都能快乐地学习古诗词,获得知识的享受!

文化篇:魅力无限的文化

诗人旅行爱去哪些地方?
才子文豪隐藏着什么绝技?
古代过节是一番什么样的景象?

科学篇:神奇的科学现象

风雨从哪儿来?
雪霜是怎么形成的?
为什么说花香长着"脚"?
为什么草儿不怕火焰?
为什么江水一半绯红一半翠蓝?

历史篇:源远流长的历史

为什么杜甫写的诗总是充满了忧愁?
古代人都从事什么职业?
豪情万丈的诗歌纪念的是哪些英杰?

常识篇:趣味十足的生活

古代诗歌从哪儿来?
诗歌的分类有几种?
古代也有"时装秀"?
诗人的朋友圈都有谁?

目录

第 1 辑　藏在诗里的王朝

采薇（节选）：爱撒谎的周幽王　　　　　　　　　/ 02

西施（节选）：争夺天下的五位诸侯　　　　　　　/ 04

于易水送别：荆轲刺秦王　　　　　　　　　　　　/ 06

垓下歌：楚汉争霸　　　　　　　　　　　　　　　/ 08

大风歌：小小亭长变帝王　　　　　　　　　　　　/ 10

贾生：汉文帝和贾谊　　　　　　　　　　　　　　/ 12

观沧海：三分天下：魏、蜀、吴　　　　　　　　　/ 14

七步诗：七步成诗　　　　　　　　　　　　　　　/ 16

乌衣巷：消失的两大贵族　　　　　　　　　　　　/ 18

江南春：想出家的南朝皇帝　　　　　　　　　　　/ 20

隋宫：隋朝的两代帝王　　　　　　　　　　　　　/ 22

春望：爱美人失江山　　　　　　　　　　　　　　/ 24

梅花：压垮北宋朝廷的"三冗"　　　　　　　　　/ 26

题临安邸：乐不思"汴"的南宋统治者　　　　　　/ 28

上京即事五首（其三）：从草原到中原　　　　　　/ 30

石灰吟：被冤枉的大臣　　　　　　　　　　　　　/ 32

己亥杂诗（其一百二十五）：虎门销烟　　　　　　/ 34

第 2 辑　　形色职业

小儿垂钓：诗中隐士　　　　　　　　　　　　　　/ 38
悯农（其二）：辛劳的农民　　　　　　　　　　　/ 40
秋浦歌（其十四）：不一样的工人　　　　　　　　/ 42
卖花翁：古代的小商人　　　　　　　　　　　　　/ 44

第 3 辑　　诗歌中的豪情

木兰诗（节选）：巾帼女将　　　　　　　　　　　/ 48
从军行（其四）：七绝圣手王昌龄　　　　　　　　/ 50
马诗（其五）：诗中"鬼才"　　　　　　　　　　/ 52
秋夜将晓出篱门迎凉有感（其二）：能文能武的爱国诗人 / 54

周幽王　西周

刘邦　汉朝

唐玄宗　唐朝

第 1 辑
藏在诗里的王朝

每个王朝都有自己的故事，
有的诗记录着荒唐的皇帝，
有的诗记录着大英雄，
有的诗记录着惊心动魄的战争，
有的诗记录着豪门兴衰……

忽必烈　元朝

采薇（节选）

《诗经·小雅》

《采薇》称得上是边塞诗的鼻祖呢！

昔我往矣，杨柳依依。
今我来思，雨雪霏霏。
行道迟迟，载渴载饥。
我心悲伤，莫知我哀！

注释

《诗经》：我国古代最早的诗歌总集，收录了从西周到春秋时期的诗歌。
昔：从前，这里指出征的时候。
往：前往，这里指去从军。
依依：形容杨柳枝条随风摇摆。
思：语气词，没有实在的意义。
雨雪：下雪。雨在这里读作yù。
霏（fēi）霏：形容雪花纷飞。
迟迟：形容动作迟缓。
载：又。
莫：没有人。

译文

回忆当初出征的时候，杨柳枝条随风摇曳。
今天我回到了家乡，雪花在空中纷纷扬扬。
泥泞的道路很难行走，又渴又饿多么辛劳。
我怀着满腔的悲痛，谁能知道我的感受呢！

诗词博物志 爱撒谎的周幽王

《采薇》说的是将士战后归乡,追忆边疆作战的故事。这首诗歌创作于我国历史上的第三个王朝——周朝。

周懿王性格懦弱,自他继位后,周王朝日渐衰弱,这给西北地区的匈奴带来了可乘之机。

后来,王位传了一代又一代,传到周幽王时,周朝的力量越发衰败。可周幽王不但不想办法振兴国家,还一味地沉迷享乐。

据《史记》记载,周幽王的爱妃褒姒是个不爱笑的"冷美人"。为博得褒姒的欢心,周幽王就想出用"烽火戏诸侯"的办法来逗她高兴。

起初,各国诸侯看见狼烟以为敌人来袭,就急匆匆地率兵前来御敌。当诸侯们被戏耍几次后,就不再相信周幽王了。

公元前771年,匈奴人猛烈地攻打国都,周幽王急忙点燃烽火台,却迟迟不见诸侯们相救,东周也因此而亡。

西施 (节选)

［唐］罗隐

家国兴亡自有时，
吴人何苦怨西施。
西施若解倾吴国，
越王亡来又是谁？

注释

罗隐：字昭谏，杭州新城（今属浙江富阳）人，唐代诗人。
兴亡：兴盛衰败。
若：如果。
倾：倾覆。

译文

国家的兴亡自有时运和规律，吴国的百姓何苦去怨恨西施。西施如果懂得怎么灭亡吴国，后来让越国覆灭的又是谁呢？

诗词博物志

争夺天下的五位诸侯

周幽王去世后,他的儿子周平王即位,并将国都迁到洛邑,史称东周。周平王虽有天子的身份,却没有挟制各国诸侯的能力。那些兵强马壮的诸侯都想做天下的霸主,弥漫狼烟的春秋战国时代,也就此拉开了序幕。

当时,有五位诸侯有着"霸主"之名,他们分别是齐桓公、晋文公、楚庄王、吴王阖闾和越王勾践。

吴越两国比邻而居,但却经常发生战争。有一次,勾践射伤阖闾,害他丢了性命,两国就此结下血海深仇。

阖闾的儿子夫差继承王位后,苦苦练兵,终于打败勾践,将他围困在会稽山。勾践为保性命,不得不向夫差投降,成为他的奴仆。

后来,勾践重获自由,他卧薪尝胆多年,终于消灭了吴国。因为两国对战期间,勾践曾为夫差设下美人计,后世许多人都将吴国灭亡怪到西施头上,于是罗隐就写了这首《西施》。

于易水送别

[唐]骆宾王

此地别燕丹,
壮士发冲冠。
昔时人已没,
今日水犹寒。

荆轲的故事太悲壮了。

注释

骆宾王：婺州义乌（今属浙江）人，唐代诗人，是"初唐四杰"之一。

此地：这个地方，指易水岸边。燕丹：战国时期燕国的太子，因单名一个"丹"字，人们常用"太子丹"来称呼他。

壮士：侠义勇敢的人。这里指荆轲。

昔时：往日，以前。

没（mò）：死亡。

水：这里指易水。易水是燕国南部的一条河流的名字，源出今河北易县境内。

犹：仍然。

译文

在这里告别了燕国太子丹,
荆轲他满怀悲壮怒发冲冠。
昔日的英豪已经离开人世,
今天的易水仍是那么凄寒。

诗词博物志

荆轲刺秦王

战国时期,天下各诸侯国之间狼烟四起。秦、楚、齐、燕、赵、魏、韩是当时最强大的七个诸侯国。

> 我的目标是统一天下!
>
> 我的目标是帮助大王实现目标!
>
> 不除掉嬴政,我怎么吃得下饭!
>
> 荆轲壮士,求你救救燕国吧!

秦王嬴政是一个野心勃勃的人,他不断地向其他国家发起战争,想要完成统一天下的霸业。

在秦王吞并赵国后,燕国太子丹为保护自己的国家,想出了刺杀秦王的险计。

太子丹听说荆轲武艺高强、侠肝义胆,便请求他去行刺秦王。

> 我一定不辜负太子丹所托!

> 风萧萧兮易水寒,壮士一去兮不复还!

> 都是我的囊中之物!

为了实现"行刺计划",荆轲为秦王准备了两份礼物:燕国的地图和秦国叛将樊於期的首级。

临行那天,荆轲在易水河边作别太子丹。在凛冽的寒风中,高渐离击筑,荆轲和着拍子,悲壮地唱着《易水歌》离去。

遗憾的是,行刺秦王的计划终以失败告终,荆轲因此而死,燕国也没有摆脱被吞并的命运。

垓下歌

[秦] 项籍

力拔山兮气盖世,
时不利兮骓不逝。
骓不逝兮可奈何!
虞兮虞兮奈若何!

注释

项籍:字羽,泗水下相(今江苏宿迁)人,楚国名将项燕的后人。
垓(gāi)下:古代的地名,在今安徽省灵璧县境内。
骓(zhuī):这里指项羽的坐骑乌骓马。

译文

我的力气拔得起高山呀,豪气盖世,
遗憾的是我时运不济呀,乌骓难驰。
乌骓马不再奔驰呀,我能怎么办呢!
虞姬呀虞姬呀,我又该如何安排你!

诗词博物志

楚汉争霸

秦朝灭亡后,项羽和刘邦都想成为天下的新主人,旷日持久的"楚汉之争"也拉开了序幕。

项羽和刘邦的军队对峙多年,谁也没占到先机。于是,刘邦提议以运河鸿沟为界,将天下一分为二。项羽觉得这是个不错的主意,就答应了。

就在项羽带着军队撤离战地时,刘邦改变了主意,率领大军击败了项羽,并将项羽和楚军围困在垓下。

此时,楚军兵少粮尽,刘邦又命士兵们高唱楚地的歌曲。项羽和楚军听到歌声,以为汉军夺得了楚地,再也没有决斗的勇气了。

项羽回想起自己过去的英勇,现在却落入这般田地,不禁慷慨悲歌,唱出了这首《垓下歌》。

后来,项羽在将士们的护卫下突出重围,他觉得自己无颜再见江东父老,在乌江边自刎了。

成语"衣锦还乡"出自项羽的一段话。他没做到,我却做到了。

大风歌

[汉] 刘邦

大风起兮云飞扬,
威加海内兮归故乡,
安得猛士兮守四方!

注释

刘邦:字季,沛县(今属江苏徐州)人,汉朝的开国皇帝。
威:威望,威势。
加:施加。
海内:四海之内,这里指天下。
守:守卫,守护。
四方:这里指国家。

译文

大风吹呀吹,白云随风飞扬。
我威风凛凛一统天下呀,今天回到故乡。
怎样做才能得到猛士呀,为我镇守四方!

诗词博物志　　小小亭长变帝王

在秦朝，亭长只是一个芝麻大小的官职，所以刘邦在沛县当亭长时，连他自己都没想到，自己未来会成为汉朝的皇帝。

公元前209年，有两个叫陈胜、吴广的年轻人决心干一番大事业：推翻秦朝。刘邦听闻后，十分敬佩他们的勇气，便效仿他们在沛县拉起了一支军队。

当时，最受人瞩目的豪杰莫属以前楚国的名将之后——项羽，他决心拥立楚怀王之孙熊心做皇帝。于是，刘邦也加入拥立熊心的队伍之中。

为了鼓舞士气和灭秦，熊心与诸将约定，先入关中者就可被封为关中王。刘邦和项羽是诸将中竞争最为激烈的两位。

刘邦率先攻破关中，但项羽对此很不服气。经历了数年的"楚汉之争"，刘邦终于战胜了项羽，成为汉朝的开国皇帝。

刘邦当上皇帝后，天下并不太平。一次，刘邦平定叛乱后，率兵回京的途中顺路回到老家，设宴款待以前的亲朋好友。这首《大风歌》就是刘邦乘着酒兴所作。

我和贾谊有着相同的烦恼。

贾生

［唐］李商隐

宣室求贤访逐臣，
贾生才调更无伦。
可怜夜半虚前席，
不问苍生问鬼神。

注释

李商隐：字义山，号玉谿生。淮州河内（今河南沁阳）人，唐朝诗人，和杜牧合称"小李杜"。
贾生：西汉大臣贾谊。
宣室：汉朝国都未央宫前殿的宫室。
逐臣：被贬谪的大臣，这里指贾谊。
才调：才华、气度。
可怜：可惜。

译文

汉文帝为寻求贤人在宣室召见被贬的大臣，贾谊的才能和气度在当时没有人能比得上。可惜夜半时分汉文帝拉近坐席向贾谊靠近，只为听他对鬼神的讲解却不问他治国之道。

诗词博物志

汉文帝和贾谊

自刘邦建立汉朝,汉朝共历 29 位帝王,被分为西汉、东汉两个历史时期。西汉时期,有两位皇帝将国家治理得井井有条,深受百姓的爱戴,那就是汉文帝和汉景帝。人们称他们治理国家的时期为"文景之治"。

> 贾谊有治国之才。

诗中的"贾生"名叫贾谊,他就是汉文帝任用的大臣。汉文帝十分欣赏他,不但破格升了他的官职,还采纳了他的治国建议。

> 咱们要想个办法,让贾谊贬官!

一些大臣嫉妒贾谊有才,就联起手来向汉文帝告状,诽谤贾谊徒有虚名,说他只想独揽大权。汉文帝信以为真,就贬了他的官职。

> 我想谈天下大事,不想讲故事!
> 你继续讲呀。

后来,汉文帝遇到了难题,就将贾谊召回京中,询问他对鬼神的看法。贾谊的讲解很精彩,汉文帝听得入神,不由自主地将坐席往贾谊身边挪,想要听得更清楚些。

> 汉文帝怎么能这样对贾谊!

李商隐写的这首诗,讲的就是汉文帝和贾谊的故事。

13

观沧海

[东汉] 曹操

东临碣石，以观沧海。
水何澹澹，山岛竦峙。
树木丛生，百草丰茂。
秋风萧瑟，洪波涌起。
日月之行，若出其中；
星汉灿烂，若出其里。
幸甚至哉，歌以咏志。

我不仅会打仗，还会写诗！

注释

曹操：字孟德，小字阿瞒，沛国谯县（今安徽亳州）人，中国古代杰出的政治家、军事家。
临：登上，到达。
碣（jié）石：一座山的名字。此山在今河北省昌黎县境内。
沧：形容水色碧绿。
海：这里指渤海。
澹澹（dàn）：形容波浪翻涌。
竦峙（sǒngzhì）：高高地挺立着。
萧瑟：形容秋风吹动树叶的声响。
甚：非常。
至：极点。

译文

向东进发登上碣石山的山顶，以便观赏那碧绿浩瀚的大海。
那海水是多么的宽阔浩荡呀，海岸边的山岛高高地挺立着。
四周生长着郁郁葱葱的草木，花儿草儿也生长得十分繁茂。
风吹动树叶发出悲凉的声响，海面上掀起令人惊骇的巨浪。
太阳和月亮的升起降落，仿佛出自这片浩瀚海洋的怀抱。
天上闪耀的星辰、银河，好像也是从这片海洋的中涌现的。
我真幸运呀，就用这首诗歌来表达我内心的远大的志向吧。

诗词博物志

三分天下：魏、蜀、吴

东汉末年，汉室衰微，曹操和刘备、孙权三分天下。

被称为"一代枭雄"的曹操是汉朝的丞相，后来被封为魏王。但是他却未将汉献帝视为皇帝，只当他是自己的傀儡，好用皇帝的名义发号施令。

我的头衔可多啦，政治家、军事家、书法家，还是诗人呢！

当时天下纷争不断，曹操率领军队四方征战。这首《观沧海》就是他率军大败乌桓后，途经碣石山时写下的。

我要兴复汉室！

曹操本就不把汉献帝放在眼中，他死后，他的儿子曹丕甚至逼迫汉献帝禅位，自己当上了皇帝，建立了曹魏政权。这让身为汉朝皇室后人的刘备非常愤怒，他建立了蜀汉，与曹魏对峙。

父亲、哥哥放心吧！

而孙权少年时就能将阳羡县治理得井井有条。长大后，孙权继承父亲孙坚、哥哥孙策的遗志，统领江东地区，建立了吴国。

七步诗

［三国时期·魏］曹植

煮豆持作羹,漉菽以为汁。

萁在釜下燃,豆在釜中泣。

本自同根生,相煎何太急?

为什么要手足相残呢?

注释

曹植:字子建,沛国谯县(今安徽亳州)人,三国时期文学家,他与父亲曹操、兄弟曹丕并称"三曹"。

持:用来。

漉菽(lù shū):过滤。

萁(qí):豆子的茎干,晒干后可用来烧火。

釜(fǔ):古时候的一种锅。

煎:煎熬,这里指迫害。

译文

煮熟的豆子做成豆羹,

过滤的豆子做成汤汁。

晒干的豆茎用来烧火,

被煮的豆子在锅里哭。

豆子和豆茎本来自同一条根,

为什么还要相互迫害对方呢?

诗词博物志

七步成诗

一石10斗，一斗12斤，曹植的才华重96斤。

曹操共有25个儿子。在众多孩儿之中，当数曹植最具才华。谢灵运谈起曹植时，这样称赞他："天下才有一石，曹植独占八斗！"

我让你带兵去救曹仁，你怎么还在这？

再……再喝一杯，就……就去。

曹操十分喜欢这个才华横溢的儿子，曾想将他培养成自己的接班人。只是曹植有个爱喝酒的毛病，还经常因为喝酒耽误大事，曹操就选了曹丕为世子。

我得想个办法惩罚曹植。

公元220年，曹操因病去世，世子曹丕继承王位。曹丕初登基时，很害怕弟弟们和他争抢王位。昔日与曹丕争夺世子之位的曹植，更成了他的眼中钉。

你在七步之内写一首诗吧。

好的，陛下！

于是，曹丕故意刁难曹植，让他在七步之内以"兄弟"为题作一首诗，而且诗中不能出现"兄弟"二字。如果作不出来，就要治他的罪。

本是同根生，相煎何太急？

弟弟！

曹植别无选择，走了七步后，吟出这首《七步诗》。曹丕听罢，不禁潸然泪下，放走了曹植。

乌衣巷

[唐]刘禹锡

曾经沧海变桑田!

朱雀桥边野草花,
乌衣巷口夕阳斜,
旧时王谢堂前燕,
飞入寻常百姓家。

注释

刘禹锡:字梦得,河南洛阳人,唐代诗人。
乌衣巷:古代地名,是中国历史最悠久、最有名气的街巷,位于今南京秦淮河南岸。
朱雀桥:古代桥名,位于今南京秦淮河。
寻常:平凡。
王谢:王指的是王导,谢指的是谢安。王导和谢安是晋朝时的豪门望族。到唐朝的时候,王、谢两族皆已衰败。

译文

朱雀桥边野草野花繁茂生长,
乌衣巷口上面挂着一抹残阳。
当年王导、谢安檐下的燕子,
飞到平常人家的屋檐下嬉戏。

诗词博物志　消失的两大贵族

如果你半夜出去，他们一定看不见你。

乌衣巷是中国历史上最有名气的街巷。三国时期，吴国的军队曾在这里安营扎寨，因为士兵们身穿黑色的军服，人们将此地取名乌衣巷。

去赏花！

不过，乌衣巷名声大噪并非因为它曾是吴国的军营，而是因为这里居住过很多豪门望族，其中就有诗中的"王谢"二人。

不能有人比我的权力还大！

"王"指的是王氏一族的王导。在他的辅佐下，琅琊王司马睿建立了东晋王朝。而王氏子弟也因权倾朝野，成为皇上的眼中钉、肉中刺。

消灭东晋，我就是天下的霸主。

"谢"则是谢氏一族的谢安。孝武帝即位后，东晋遇到了前所未有的危机——雄踞北方的前秦君主苻坚率领百万雄兵南征，意图统一天下。

与其被皇上惩处，还不如主动辞官，隐居山林。

不料，却被谢安率领的七万精兵打败。这就是历史上著名的"以少胜多"战役——淝水之战。而胜仗过后，谢氏一族也因功高震主，遭到了皇上的猜忌。

唉！

后来，东晋内患不断，刘裕乘乱起兵，建立了南朝宋，东晋王朝就此灭亡。那条象征着权力富贵的乌衣巷，也不复往日繁荣。

> 我写的既是江南春景,也是糊涂的皇帝。

江南春

[唐]杜牧

千里莺啼绿映红,
水村山郭酒旗风。
南朝四百八十寺,
多少楼台烟雨中。

注释

杜牧:字牧之,号樊川居士,唐代诗人,人称"小杜"。
郭:古代城外加筑的一道城墙,这里指城池。
四百八十寺:虚数,形容建设的寺庙很多。
楼台:楼阁亭台,这里指寺院、庙宇。
烟雨:形容细雨蒙蒙,如烟如雾。

译文

江南大地黄莺歌唱绿草映着红花,
水边村庄山下城郭酒旗随风摇摆。
南朝时建造的四百八十座古寺庙,
多少寺庙笼罩在如烟如雾的雨中。

诗词博物志　想出家的南朝皇帝

皇权富贵，我都不在乎！

古代的皇帝拥有最大的权力、最高的地位，所以许多古人都有一个"皇帝梦"。然而，对这位皇帝而言，当皇帝并非天下最得意的事情。那么，他是谁呢？

晋朝灭亡后，中国古代进入了一段复杂的历史时期——南北朝。南北朝不是一个王朝，而是多个王朝的合称。其中，南朝就有宋、齐、梁、陈四个王朝。而这位不爱王权的皇帝就是南朝梁的梁武帝。

江南的寺庙真多呀！

南京的寺庙就有七百多座。

梁武帝才能出众、文武双全，他最热爱的就是佛法，下令建立了数不胜数的寺庙，所以杜牧才会写"南朝四百八十寺"。

不过，杜牧诗中的"四百八十"只是用来表示多的虚数。清朝刘世珩考证南朝历史时，发现南朝寺庙竟有2846座。

陛下，您不能当和尚啊！

难道我没有实现理想的资格吗？

更令人惊讶的是，梁武帝曾四次出家，到寺庙里当和尚，自称"菩萨皇帝"。

我想喝点蜂蜜水。

我尝尝！

蜂蜜水真甜呀！

由于梁武帝太痴迷佛法，忽略了朝政，他的侄子萧正德就起了越俎代庖之心，勾结东魏降将侯景起兵造反。梁武帝被叛军囚禁在皇宫，在饥渴交加中去世了。

隋宫

[唐]李商隐

乘兴南游不戒严,
九重谁省谏书函?
春风举国裁宫锦,
半作障泥半作帆。

注释

九重:古代帝王居住的皇宫。
省:反省,明白。
谏书函:写给皇帝的劝谏文章。
宫锦:皇家使用的名贵绸缎。
障泥:垫在马鞍下的锦帛。两边的锦帛下垂至马镫,用来遮挡泥土。

译文

隋炀帝乘着兴致南游一路都不戒严,
皇宫之中有谁理会忠良之臣的劝谏?
春游江都动用了全国百姓裁剪绸缎,
一半用作御马的障泥一半用作船帆。

诗词博物志

隋朝的两代帝王

北周的丞相名叫杨坚,他的权力和威势比静帝还要大。静帝迫于无奈,只好将帝位禅让给他,从此北周改国号为"隋"。

呵呵,不让也不行呀。

多谢陛下让位!

杨坚有见识、有谋略,不但重新统一了天下,还让百姓们过上了好日子。

他就是个演技派!

杨坚有个极擅伪装的儿子,他的名字叫杨广。在大家眼中,杨广品学兼优、谦卑有礼,比太子杨勇更适合当皇帝。于是,杨坚就改立杨广为太子。

用最好的绸缎做障泥、做船帆,这样才配得上我的身份。

您忘了那些受苦的百姓吗?

杨广当上皇帝后,立即撕掉伪装的面具,过着无比奢靡的生活。

陛下,不能不顾苍生啊!

拉下去,处死!

他南下游江时,有大臣劝谏他专心国事,不该大肆铺张浪费。结果杨广不但不听,还下令处死了进谏者。这样一个昏庸残暴的君主,如何治理得好国家?隋朝也因此亡国。

春望

[唐] 杜甫

国破山河在,城春草木深。
感时花溅泪,恨别鸟惊心。
烽火连三月,家书抵万金。
白头搔更短,浑欲不胜簪。

注释

杜甫:字子美,号少陵野老,出生于河南省巩县(今巩义市),祖籍湖北襄阳,唐代现实主义诗人。
草木深:形容草木茂密、繁盛。
溅泪:流泪。
恨别:怅恨离别。
烽火:这里指安史之乱的战火。
抵:值。
白头:这里指白发。
搔:用手轻轻地抓挠。
浑:简直。
簪:古代男子用来束发的一种头饰。

译文

国破家亡只有山河依旧,
春天的长安城荒草丛生。
忧心国事面对繁花流泪,
亲人离散鸟鸣令人心悸。
战火蔓延三月不曾停息,
一封家书值得万两黄金。
愁绪使我搔首,以致白发越来越稀疏,
都要插不上簪子了。

诗词博物志

爱美人失江山

唐玄宗曾是一位英明神武的好皇帝,他重用那些贤德、有才的大臣,创造了唐朝的极盛之世,史称"开元盛世"。

国富民强后,唐玄宗不再专心治国,他变得贪恋美色,用尽一切办法讨爱妃杨玉环的欢心。杨玉环爱吃荔枝,唐玄宗就会派人从千里之外运送最鲜美的荔枝,还因为爱屋及乌,让她的堂哥杨国忠当了宰相。

杨国忠身为宰相却不顾国家安危,一味地助长皇宫的奢靡之风。他因讨厌将军安禄山,总在唐玄宗面前说他的坏话。这可不是因为他看穿了安禄山的狼子野心,而是担心他会分走唐玄宗对自己的恩宠。

公元755年,安禄山和史思明做足了准备,他们以讨伐杨国忠为借口,起兵造反攻破了皇宫,史称"安史之乱"。

这场战争害得百姓流离失所,也害得唐玄宗丢失了江山。一年后,杜甫被抓为俘虏,押送到沦陷的长安。他看着繁华的长安城物是而人非,不禁触景伤怀,写下了这首《春望》。

梅花

[宋] 王安石

墙角数枝梅，
凌寒独自开。
遥知不是雪，
为有暗香来。

注释

王安石：字介甫，号半山。抚州临川（今江西抚州）人，北宋文学家，是"唐宋八大家"之一。
遥：远远地。
知：知道。
为（wèi）：因为。
暗香：梅花散发的清香。

译文

墙角下生长的几枝梅花，
正冒着严寒孤独地开放。
遥望就知道它不是雪花，
因为它散发着阵阵幽香。

诗词博物志　压垮北宋朝廷的"三冗"

朱晃　李存勖　石敬瑭　刘䶮　郭威

唐朝灭亡后，天下再度分裂，先后出现了后梁、后唐、后晋、后汉、后周五个王朝，史称"五代"。在这五个朝代的周边，还盘踞着十股较为强劲的力量，我们称这十个国家为"十国"。

五代十国相争多年，直到后周出现了一个名叫赵匡胤的将军。此人能谋善战，再次统一天下，建立了宋朝。我们将这一历史时期叫作北宋时期。

南吴　南唐　吴越　南楚　前蜀　后蜀　南汉　南平　闽国　北汉

为了稳固皇帝的地位，赵匡胤想出了"一职多官"和"军队轮班"的办法。虽然这让国家很快富强起来，但新的危机也接踵而至。

到了第五位皇帝宋仁宗在位时，朝廷已被"三冗危机"压得喘不过气来。

为了解决"三冗危机"，王安石先后向宋仁宗、宋神宗提议变法。

虽然宋神宗支持了王安石的提议，但变法的结果却以失败告终。屡受打击的王安石也辞去了官职，隐居钟山。

题临安邸

[宋] 林升

山外青山楼外楼,
西湖歌舞几时休?
暖风熏得游人醉,
直把杭州作汴州。

注释

林升:字云友,号平山居士,南宋诗人。
临安:南宋的统治者逃到南方后,在临安建立了国都,即今浙江杭州。
邸(dǐ):旅店。
熏(xūn):吹。
直:简直。
汴州:北宋的都城汴京,今属河南开封。

译文

青山连绵不绝楼阁接连不断,
西湖上的歌舞何时才能停止?
暖洋洋的风吹得人醉醺醺的,
简直将杭州当成了东京汴州。

诗词博物志　　乐不思"汴"的南宋统治者

靖康年间，金国打败辽国后，就将目标锁定到了北宋的身上。他们不但攻破了京都汴梁（今河南开封），还抓走了宋徽宗和宋钦宗两个皇帝。当时，身为皇室子弟的赵构幸免于难，逃到了山光水色的江南，在临安（今浙江杭州）登基为帝，史称南宋。

赵构坐上皇帝的宝座后，在新皇都临安大肆修建宫殿、庙宇，过着如神仙一般的逍遥日子，将父亲兄长被抓走的事忘得一干二净。不仅如此，当将军岳飞说起"直捣黄龙"大败金兵的愿景时，赵构不但不予支持，反而处处打压，最后还用"莫须有"的罪名杀了他。

诗人林升对赵构的所作所为愤慨至极，于是在临安一家旅馆的墙壁上，写下这首《题临安邸》，讽刺赵构不思进取，乐不思"汴"。

上京即事五首（其三）

［元］萨都剌

牛羊散漫落日下，
野草生香乳酪甜。
卷地朔风沙似雪，
家家行帐下毡帘。

边塞的天就像娃娃的脸，说变就变。

注释

萨都剌：字天赐，号直斋，元代诗人，有着"雁门才子"的美名。
上京即事：描写的是诗人前往上京途中所见的事物。上京，元代皇帝夏季祭祀天的地方，位于今内蒙古自治区境内。
朔风：北风。

译文

成群的牛羊在落日下慢慢地走着，空气中弥漫着野草和乳酪的香味。忽然狂风大作沙尘像雪一般袭来，家家户户都把帐篷的毡帘放下来。

诗词博物志

从草原到中原

生活在大草原上的游牧民族，士兵个个骁勇善战，在可汗忽必烈的带领下，他们打败了南宋王朝，从草原迁移到中原，建立了新的王朝——元朝。

忽必烈当上皇帝后，鼓励百姓们经商和农耕，他还发明了"钞"，一种用纸张制作的钱币。在他的统治下，国家变得日益富强。

他还有一个名叫马可·波罗的外国朋友。马可·波罗17岁的时候，跟随父亲、叔叔到元朝做生意，他将在元朝遇到的奇闻趣事都写进了《马可·波罗游记》。

后来，朝中继任的"理财大臣"觉得纸钞印制得太慢了，就没有计划地印制钞票，害得钞票贬值、物价飞涨，元朝的经济发展也开始变糟。

忽必烈去世后，皇室宗族只顾着争夺王位，丝毫不顾天下苍生，再加上统治者总是变本加厉地压迫汉人，百姓们再也不愿忍受这样的生活，就联合起来发动起义，最终在朱元璋带领下推翻了元朝。

石灰吟

[明] 于谦

千锤万凿出深山,
烈火焚烧若等闲。
粉骨碎身浑不怕,
要留清白在人间。

注释

于谦:字廷益,号节庵,浙江杭州府(今杭州市)人,明代大臣、民族英雄。
等闲:平常。
浑:全,都。
清白:高尚的节操。

译文

经过千锤百炼才开采出了石灰,被烈火焚烧也是一件平常的事。即使粉身碎骨也不会感到可怕,只求将高尚的节操留在人世间。

诗词博物志

被冤枉的大臣

"偶像的诗集,听多少遍也不会腻!"

于谦自幼聪颖好学,他的偶像是写下"人生自古谁无死,留取丹青照汗青"的文天祥。或许正因如此,于谦才会写下一首《石灰吟》。

"当皇帝的代价太大了。"

明朝的第三位皇帝朱棣去世后,太子朱高炽继位。朱高炽的身体不太好,只当了十个月的皇帝就缠绵病榻。临终前,他册立儿子朱瞻基为太子,继承自己的皇位。

"嘿嘿,皇位是我的了!"

朱瞻基听闻父亲病重,急匆匆地从南京赶回京城。岂料,途中竟然遭到了伯父朱高煦的伏击。原来,自朱棣去世后,朱高煦一直在寻机作乱,想自己当皇帝。

"我罪该万死!"

"你谋逆造反,还不知错吗?"

不过,朱高煦的阴谋并没有得逞,这场战争很快就被平息了。朱高煦投降后,朱瞻基命于谦历数他的罪行。于谦的话,义正词严、铿锵有力,骂得朱高煦没脸再面见天子。

"于谦是真正的义士!"

于谦一生清廉刚正,为百姓和国家做了许多好事,结果却被人陷害致死。后来,明宪宗觉得于谦死得冤枉,最终为他洗雪了冤屈。

己亥杂诗（其一百二十五）

[清] 龚自珍

九州生气恃风雷，
万马齐喑究可哀。
我劝天公重抖擞，
不拘一格降人才。

注释

龚自珍：字璱人，浙江仁和（今杭州）人，清代诗人。

己亥（hài）杂诗：是龚自珍在己亥年（1839年）写的一组诗，共315首。

九州：中国的别称。

生气：形容生机勃勃的样子。

恃（shì）：依靠。

万马齐喑：数万匹马儿都不发声，这里指百姓们不敢表达自己的想法。

天公：这里指皇帝。

译文

国家若想生机勃勃就要雷厉风行，
百姓不敢说真话的局面实在可悲。
我希望当今的皇帝重新振作精神，
不局限一种方式选拔治国的人才。

诗词博物志

虎门销烟

清朝在康熙、雍正和乾隆祖孙三代的治理下达到了鼎盛时期,人们将这段时间叫作"康雍乾盛世"。

繁华盛世创造的东西,当然也要繁华啦!

皇上,为什么您那么喜欢花花绿绿的东西呢?

街上新开了一家外国服装店!

在盛世之后,清政府遇到了前所未有的危机。当时,清朝实行"闭关锁国"政策,不让外国商人到内陆做生意。而且中国地广物博,百姓们也不太需要购买外国人的货物。

嘿嘿!

我们做的衣服也很漂亮呀!

只要能换钱,管它呢!

你要卖掉祖产吗?

那些外国商人眼见无利可图,就想出了一个阴险的办法:贩卖鸦片。鸦片俗称大烟,是一种非常可怕的毒品。人一旦吸食鸦片就会上瘾,再也戒不掉了。

自从鸦片流入中国后,曾经勤勤恳恳的百姓,很多都变成了浑浑噩噩的瘾君子。

己亥杂诗(其八十七)
故人横海拜将军,
侧立南天未蒇勋。
我有阴符三百字,
蜡丸难寄惜雄文。

大臣林则徐看破外国商人的诡计后,为了拯救百姓和国家,便在虎门将缴获的鸦片用石灰、盐水销毁。

与林则徐一般重视禁烟的人,还有好朋友龚自珍,他用诗歌表达自己对禁烟斗争的支持,对国家命运的关注。

隐士

农耕

冶炼

第 2 辑
形色职业

古代人从事什么样的职业?
古诗告诉你答案:
隐士、农耕、冶炼、商贩,
人们辛勤地劳作,
追求着美好幸福的生活。

小商贩

小儿垂钓

[唐] 胡令能

蓬头稚子学垂纶,
侧坐莓苔草映身。
路人借问遥招手,
怕得鱼惊不应人。

注释

胡令能：河南郑州中牟县人，唐代诗人。
蓬头：形容孩子的头发蓬松、可爱。
稚子：处于幼年时期的孩子。
垂纶（lún）：钓鱼。纶，鱼竿上的鱼线。
莓（méi）：一种野草。
映：遮盖掩映。
借问：向别人打听、询问。
应（yìng）：回复，回答。

译文

头发蓬乱的幼童正忙着学习钓鱼，
侧身坐在青苔上绿草遮掩着身体。
过往的行人在远处向他招手问路，
他怕惊跑鱼儿所以不敢回应路人。

诗词博物志

诗中隐士

金钱换不来尊重。

古时候,普通百姓的职业被分为四种,并且有着等级高低之分:士、农、工、商,分别代表读书人、农民、工匠和商人。

你没听说过"头悬梁,锥刺股"吗?

考不上功名,也别想不开啊!

当官有什么好?我更喜欢田园生活。

其中,读书人的身份地位最为崇高,只有读书才能有机会做官。

不过,有一些读书人虽然学富五车,但他们的志向却不是当官。人们将这样的人才叫作隐士。在河南圃田就生活着一位隐居避世的诗人,他的名字叫作胡令能。

我也觉得是一首好诗!

好大的莲蓬!

小娃撑小艇,偷采白莲回。
不解藏踪迹,浮萍一道开。

胡令能流传于世的诗歌很少,但每一首都十分精妙,这首《小儿垂钓》将古代孩子钓鱼的场景描写得惟妙惟肖,仿若神来之笔。

在描写儿童生活上,白居易写的《池上(其二)》也细致入微,生动地记录了孩子采莲的样子。

一粒米,千滴汗,粒粒粮食汗珠换。

悯农(其二)

[唐]李绅

锄禾日当午,

汗滴禾下土。

谁知盘中餐,

粒粒皆辛苦。

注释

李绅:字公垂,安徽亳州人,唐代诗人。
锄禾:用锄头给禾苗松土、除草。
餐:饭食。
皆:全,都。

译文

在中午烈日的暴晒下锄禾,
汗水滴进禾苗下边的泥土。
有谁知道盘子里面的美食,
每一粒都来自农民的辛苦。

诗词博物志　　辛劳的农民

据说，有一年，李绅回到故乡亳（bó）州探亲访友，恰遇到老朋友李逢吉。他们登上观稼台欣赏景色时，被田地里劳作的农民吸引了目光。看着辛苦耕种的农民，李绅十分感慨，写出诗作《悯农二首》。

悯农（其一）

春种一粒粟，秋收万颗子。

四海无闲田，农夫犹饿死。

为什么李绅这么在乎农民的生活呢？从古至今，农业在我国的经济发展中，有着重要的地位，农民也因此备受关注。

虽然农民的地位不低，但他们的日子却过得很辛苦。每当遇到灾害，庄稼就会颗粒无收，人们连饭都吃不饱。

尽管如此，农民们依然保持着乐观的心态。在农闲的时候，他们也会做游戏、唱民歌。《击壤歌》中就记录了农民们嬉戏、游戏的情景："凿井而饮，耕田而食。帝力于我何有哉！"

秋浦歌（其十四）

[唐]李白

炉火照天地，
红星乱紫烟。
赧郎明月夜，
歌曲动寒川。

注释

秋浦歌：李白在秋浦写的一组诗，共17首。秋浦，唐代时属池州郡，位于今安徽省内。

李白：字太白，号青莲居士，陇西成纪（今甘肃天水）人，唐代浪漫主义诗人。

赧（nǎn）：害羞脸红。这里指炉火映红了人们的脸。

译文

炉中的火光照亮天地，火星四溅，烟雾升腾。月下炉火映红了人脸，歌声激荡着寒冷河水。

诗词博物志

不一样的工人

作蜜不忙采蜜忙，蜜成又带百花香。
——[宋]杨万里《蜂儿》

"辛苦你啦，小蜜蜂。"

诗歌里工人的职业种类有很多。清香甘甜的糖，就是制糖人用甘蔗、蜂蜜制作的。

玉盘杨梅为君设，吴盐如花皎如雪。
——[唐]李白《梁园吟》

"酸酸甜甜的！"

我们吃的食盐，也是由制盐人从海水中取出。江淮一带晒制的吴盐洁白胜雪，当地的百姓很喜欢把盐撒在梅子、橙子上，制成甘甜生津的果子。

"我也想赏花……"

心灵手巧的纺织女缝制出漂亮衣裳。看着她们忙碌的身影，诗人来鹄感叹道："若教解爱繁华事，冻杀黄金屋里人。"

"我挖到金子啦！"

采矿人的工作非常辛苦和危险，他们要把矿山挖得很深很深，才能找到贵重的金属。

"嘿，哈！"

采得的金属被冶炼人铸造成各种各样的器具，演奏音乐的钟、盛装东西的锅、战场搏杀的武器、用来交易的钱币，等等。

卖花翁

［唐］吴融

和烟和露一丛花,

担入宫城许史家。

惆怅东风无处说,

不教闲地著春华。

注释

吴融：字子华，越州山阴（今浙江柯桥）人，唐代诗人。

卖花翁：靠卖花朵为生的年老男子。

和烟和露：沾着露珠和水气，形容花朵新鲜。

许史家：汉宣帝时外戚许伯和史高的合称，这里指豪门望族。

著：披上，盖上。

译文

卖花翁采摘下沾着露水的鲜花，

把花儿卖给住在宫城内的贵人。

春风没有地方诉说自己的愁绪，

只知贵人将百花锁在院墙之中。

诗词博物志 古代的小商人

古代的商人可以分为两种,一种是"行商",为了做好生意,他们不得不离开家,四处奔波。

自叹生涯看转烛,更悲商旅哭沉财。
——《遭风二十韵》

外出经商有很大风险,最常发生的,就是遇到盗贼和天灾。有一次,诗人元稹在洞庭湖遭遇大风,目睹行商的货物被风卷入水中。

江南曲
[唐] 李益
嫁得瞿塘贾,朝朝误妾期。
早知潮有信,嫁与弄潮儿。

河边酒家堪寄宿,主人小女能缝衣。
——[唐] 岑参《临河客舍呈狄明府兄留题县南楼》

因为丈夫常年在外,行商妻子的生活过得十分孤苦,从而也诞生了许多描写商妇情感的诗歌。

在固定的地方做生意的人被称为"坐贾",与行商相比,他们的生活减少了许多风险,能为客人提供非常周到的服务。

道旁榆荚仍似钱,摘来沽酒君肯否。
——[唐] 岑参《戏问花门酒家翁》

有时,他们会遇到很幽默的客人。

一车炭,千余斤,宫使驱将惜不得。
半匹红绡一丈绫,系向牛头充炭直。
——[唐] 白居易《卖炭翁》

但更多的时候,他们都在为生计而发愁。

巾帼女将

爱国情怀

第 3 辑
诗歌中的豪情

古诗中的情,
有巾帼女将的豪情,
有诗人的爱国热情,
还有才子的励志之情。

能 文 能 武

木兰诗（节选）

[南北朝] 北朝民歌

代父从军！

唧唧复唧唧，木兰当户织。
不闻机杼声，唯闻女叹息。
问女何所思，问女何所忆。
女亦无所思，女亦无所忆。
昨夜见军帖，可汗大点兵，
军书十二卷，卷卷有爷名。
阿爷无大儿，木兰无长兄，
愿为市鞍马，从此替爷征。

注释

北朝民歌：南北朝时期北方人民创作的民歌，收录在《乐府诗集》中。
唧唧（jī）：叹息声。
当户织：对着门织布。
机杼（zhù）声：织布机发出的声音。杼，织布用的梭子。
唯：只。
何所思：想的是什么。
忆：思念。
军帖（tiě）：募兵的文书。
可汗（kèhán）：古时候，北方的少数民族称君主为"可汗"。
点兵：征兵。
爷：父亲。南北朝时，北方人称呼父亲为"阿爷"。
市：购买。
鞍（ān）马：马和骑马的用具。

译文

叹息声一声接着一声，是木兰对着门在织布。
忽然，听不见织布机的声音，只听见木兰叹气。
问木兰心里想的是什么，问木兰心中在思念谁。
木兰说心里没想什么，木兰说心里没在思念谁。
昨晚看见募兵的文书，知道可汗在大规模征兵。
募兵的文书有很多卷，卷卷都写着父亲的名字。
父亲没有大儿子，木兰也没有比自己大的哥哥，
愿为此去买马和马具，即刻代替父亲从军出征。

诗词博物志 巾帼女将

我是盛酒器，也是国宝！

在商朝，猫头鹰象征着神圣、强大的力量。

驰骋沙场的不仅有男儿，还有不让须眉的女将。
商王武丁的王妃妇好，是中国历史上第一位载入史册的女将军。她征战多年，打了许多胜仗。

谁说女子不如男？

南北朝有一个叫木兰的女孩，她心疼年迈的父亲和年幼的弟弟，便代替父亲从军出征，为国家立下汗马功劳。

谢谢李公子！

唐高祖的女儿平阳昭公主，也是一位响当当的女英雄。在兵荒马乱的时代，她女扮男装，救济灾民，深得百姓们的信赖。

后来，唐高祖率兵起义，平阳昭公主随父出征，接连攻破数座城池，守卫着李家军队的大本营——山西。当地的百姓十分敬仰她，都称呼她为"李娘子"。

梁红玉出身于武将之家，自幼便跟随父兄学武。"靖康之变"后，南宋皇帝赵构想逃去杭州，奈何金兵穷追不舍，梁红玉的丈夫韩世忠将军只好率领将士迎战。

冲啊！

两军对战当日，梁红玉冒着箭雨擂鼓，助长了将士们的士气，击退了金兵。

从军行（其四）

[唐] 王昌龄

青海长云暗雪山，
孤城遥望玉门关。
黄沙百战穿金甲，
不破楼兰终不还。

我们一定会取胜的！

注释

王昌龄：字少伯，京兆长安（今陕西西安）人，唐代著名边塞诗人。
从军行：乐府旧题，主要用于描写战争。
青海：青海湖。
雪山：指甘肃省的祁连山。
孤城：这里指青海地区的锁阳城。
玉门关：西域进贡的玉石从此取道，汉武帝由此命名。故址在今甘肃敦煌西北小方盘城。
穿：磨破，磨损。
金甲：士兵的铠甲是用金属做的。
楼兰：汉代西域国名，代指边境外敌。

译文

青海湖上空长云弥漫让雪山黯淡，大家在孤城中望着远处的玉门关。长年征战让战士们的盔甲被磨穿，发誓不打败西部的敌人绝不回还。

诗词博物志　七绝圣手王昌龄

王昌龄是七绝诗写得最好的诗人,大家都称呼他"七绝圣手"。不过,王昌龄的梦想并不是成为诗人,而是国家的栋梁。

为了实现梦想,20多岁的王昌龄前往边塞,开始了艰苦的军旅生活,写下许多豪情万丈的诗歌。

从军行(其一)
烽火城西百尺楼,
黄昏独坐海风秋。
更吹羌笛关山月,
无那金闺万里愁。

秋风送来的羌笛曲,令将士们更加思念千里之外的亲人。

从军行(其三)
关城榆叶早疏黄,
日暮云沙古战场。
表请回军掩尘骨,
莫教兵士哭龙荒。

浴血奋战沙场,无情的刀剑夺走了同伴的生命。

从军行(其五)
大漠风尘日色昏,
红旗半卷出辕门。
前军夜战洮河北,
已报生擒吐谷浑。

爱国之情令将士们士气大增,快马传来急报,已经俘虏了敌军的首领。

从军行(其六)
胡瓶落膊紫薄汗,
碎叶城西秋月团。
明敕星驰封宝剑,
辞君一夜取楼兰。

夜半时分,皇上赐予将军尚方宝剑,将士们连夜出征,很快就大获全胜。

马诗（其五）

［唐］李贺

大漠沙如雪，
燕山月似钩。
何当金络脑，
快走踏清秋。

注释

李贺：字长吉，河南福昌（今河南宜阳）人，唐代诗人，他和李白、李商隐被称为"唐代三李"。

马诗：诗人以"马"为题，写下的一组诗歌，一共23首。

燕山：燕然山，坐落在今天的蒙古国境内。

钩：古代的一种兵器。

何当：何时将要。

金络脑：用黄金装饰的马笼头。

译文

黄沙在月光的映照下犹如白雪，燕然山上空的月亮弯得像钩子。骏马何时才能套上黄金的笼头，飞快地奔驰冲向深秋时的战场。

诗词博物志　　诗中"鬼才"

七岁就名扬百里的诗人,不只有骆宾王,还有"落魄贵公子"李贺。

李贺被人称为"诗鬼",他的诗飘逸、浪漫,当时没有人能模仿得了。他写的乐府诗歌深受宫廷乐工的喜欢,许多诗歌都被谱成了乐曲。只是这位大才子一生不得重用,他在无法实现抱负的愁绪中,写下了这组《马诗》。

后来,李贺因病英年早逝。有人想把李贺写的诗歌整理成书,却不想他的诗歌已经被其表兄焚毁了大半。最终,在其他诗人的努力下,李贺的诗歌被整理成五卷,为我们留下了"雄鸡一声天下白"等千古流芳的佳句。

秋夜将晓出篱门迎凉有感（其二）

［宋］陆游

三万里河东入海，
五千仞岳上摩天。
遗民泪尽胡尘里，
南望王师又一年。

祖国还没有统一，我怎么睡得着呢？

注释

陆游：字务观，号放翁，越州山阴（今浙江绍兴）人，南宋爱国诗人。
将晓：即将天亮。
三万里河：指黄河。三万里，形容黄河很长。
五千仞岳：指华山。五千仞，形容华山很高。
摩天：触碰到天。
遗民：生活在金人统治地区的宋朝百姓。
胡尘：金人统治地区刮的风沙，这里指暴政。
王师：南宋朝廷的军队。

译文

三万里长的黄河奔腾着向东流入大海，
五千仞高的华山耸入云霄触碰到青天。
宋朝的百姓在金人的压迫下流尽眼泪，
他们盼着王师北伐，盼了一年又一年。

给孩子的博物古诗100首

漫画科普版

常识篇

漫阅童书 编绘

北京理工大学出版社
BEIJING INSTITUTE OF TECHNOLOGY PRESS

版权专有　侵权必究

图书在版编目（CIP）数据

给孩子的博物古诗100首 / 漫阅童书编绘 . -- 北京：北京理工大学出版社 , 2023.3
ISBN 978-7-5763-2152-4

Ⅰ. ①给… Ⅱ. ①漫… Ⅲ. ①古典诗歌—诗集—中国—儿童读物 Ⅳ. ① I222.72

中国国家版本馆 CIP 数据核字 (2023) 第 030853 号

作者简介：

漫阅童书是一家依托于成熟的畅销书运营能力迅速崛起的新兴童书品牌，以推动全民阅读为己任，以提高中国儿童阅读心智为目标，致力于打造和推广适合中国家庭阅读的精品原创童书，2020 年来多次荣获当当、京东、抖音等平台授予的优质合作伙伴、飞速增长供应商等荣誉称号。

出版发行 / 北京理工大学出版社有限公司	
社　　址 / 北京市海淀区中关村南大街 5 号	
邮　　编 /100081	
电　　话 /（010）68944515（童书出版中心）	
网　　址 / http://www.bitpress.com.cn	
经　　销 / 全国各地新华书店	
印　　刷 / 雅迪云印（天津）科技有限公司	
开　　本 / 889 毫米 ×1194 毫米　1/16	
印　　张 /16	责任编辑 / 李慧智
字　　数 /400 千字	文字编辑 / 李慧智
版　　次 /2023 年 3 月第 1 版　2023 年 3 月第 1 次印刷	责任校对 / 刘亚男
定　　价 /158.00 元（全 4 册）	责任印制 / 王美丽

图书出现印装质量问题，请拨打售后服务热线，本社负责调换

前言

在《中国诗词大会》节目中，主持人董卿说："就像有人问世界著名登山家乔治·马洛里，为什么要攀登，马洛里回答，因为山就在那里。诗词也是如此，为什么要学诗，因为诗词就在那里，生生不息千年。"

古诗十分优美，但是在很多孩子眼里，它们就像是噩梦一样，因为古诗实在是太难背了。孩子一看到密密麻麻的原文、译文、注释就头疼，更别提理解古诗的意思了。

我们这套《给孩子的博物古诗》采用趣味漫画的形式，能够瞬间吸引孩子的兴趣，让孩子真正融入诗词的背景氛围里，了解古诗词背后的时代背景、人文逸事，拉近孩子与历史人物的距离，让记忆与知识迅速在孩子大脑中留下印象。

除此之外，在大语文时代，单纯地记忆背诵古诗词已经不能满足孩子全方位发展的需求，而应全力培养孩子的文、史、哲、艺等方面的能力，让孩子博学多识，成为多面手。为此，我们将本套书籍分为历史篇、文化篇、常识篇与科学篇。

本套书籍精选了 100 首古诗词，涵盖小学生必备 75 首古诗词，让孩子紧跟热点考点，学习快人一步。最后祝愿所有孩子都能快乐地学习古诗词，获得知识的享受！

文化篇：魅力无限的文化

诗人旅行爱去哪些地方？
才子文豪隐藏着什么绝技？
古代过节是一番什么样的景象？

科学篇：神奇的科学现象

风雨从哪儿来？
雪霜是怎么形成的？
为什么说花香长着"脚"？
为什么草儿不怕火焰？
为什么江水一半绯红一半翠蓝？

历史篇：源远流长的历史

为什么杜甫写的诗总是充满了忧愁？
古代人都从事什么职业？
豪情万丈的诗歌纪念的是哪些英杰？

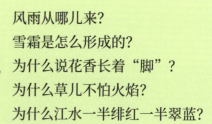

常识篇：趣味十足的生活

古代诗歌从哪儿来？
诗歌的分类有几种？
古代也有"时装秀"？
诗人的朋友圈都有谁？

目录

第 1 辑　　多样的诗歌

硕鼠（节选）："采"来的歌　　　　　　　　　／ 02

山居秋暝：记录那山那水　　　　　　　　　　／ 04

赠汪伦：诗歌中的送别　　　　　　　　　　　／ 06

秋浦歌（其十五）：诗有多浪漫　　　　　　　／ 08

春夜喜雨：唐朝"新闻记者"　　　　　　　　／ 10

塞下曲（其三）：边塞的诗　　　　　　　　　／ 12

赤壁：把历史写进诗里　　　　　　　　　　　／ 14

四时田园杂兴（其二十五）：田园诗"课代表"／ 16

第 2 辑　　古人的日常生活

采莲曲：古代女子的"时装秀"　　　　　　　／ 20

次北固山下：古代的信使　　　　　　　　　　／ 22

游子吟：布从哪里来　　　　　　　　　　　　／ 24

江上渔者：舌尖儿上的"辛苦"　　　　　　　／ 26

书湖阴先生壁：诗歌里的茅屋　　　　　　　　　　　／28

乡村四月：忙碌的四月　　　　　　　　　　　　　　／30

村居："斗风筝"比赛　　　　　　　　　　　　　　　／32

第 3 辑　　才子们的朋友圈

咏鹅：引起女皇帝注意的"神童"　　　　　　　　　／36

回乡偶书（其一）："成就达人"贺知章　　　　　　／38

春晓："山人"孟浩然　　　　　　　　　　　　　　／40

静夜思：思乡的"游侠"　　　　　　　　　　　　　／42

绝句（其三）："以诗换物"的杜甫　　　　　　　　／44

寻隐者不遇：执着的"诗奴"　　　　　　　　　　　／46

泊船瓜洲："拆洗"王安石　　　　　　　　　　　　／48

六月二十七日望湖楼醉书："多重身份"的苏轼　　　／50

夏日绝句：千古才女"李三瘦"　　　　　　　　　　／52

三衢道中：不出名的诗人　　　　　　　　　　　　　／54

第 1 辑
多样的诗歌

为诗歌贴上标签，
记录游山戏水的"山水诗"，
依依不舍的"送别诗"，
歌颂边疆生活的"边塞诗"，
咏颂历史的"咏史诗"，
描写乡村生活的"田园诗"，
还有充满奇幻想象的"浪漫主义"诗歌，
以及记录真实故事的"现实主义"诗歌。

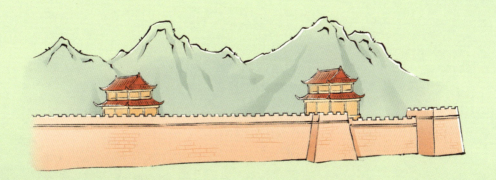

硕鼠（节选）

《诗经·魏风》

硕鼠硕鼠，无食我黍！
三岁贯女，莫我肯顾。
逝将去女，适彼乐土。
乐土乐土，爰得我所。

注释

《诗经》：我国古代最早的诗歌总集，收录了从西周到春秋时期的诗歌。
硕鼠：大老鼠，指不劳而获的人。
贯：供养，侍奉。
女：同"汝"，你。
逝：同"誓"，发誓，誓言。
乐土：理想中令人感到快乐的地方。

译文

大老鼠呀大老鼠，别再吃我种的黍！
多年辛苦供养你，我的生活你不顾。
发誓从此离开你，去那理想的乐土。
新乐土呀新乐土，那是我的好去处。

诗词博物志

"采"来的歌

周朝的百姓都爱用歌谣来记录生活。于是,周天子就想出一个了解各诸侯国治理情况、风俗美恶的好办法——听歌。

怎么才能知道百姓唱了什么呢?周朝有一种专门收集歌曲的官职,叫作采诗官。

每年春天,采诗官就会摇着铃铛,到民间收集能够反映百姓生活的歌谣。

之后,再将整理好的歌谣交给乐官,由他们谱成曲子,演唱给周天子听。

后来,孔子将这些歌谣整理成书籍,按照"风""雅""颂"分成三类,也就是今天的《诗经》。因为《诗经》中一共有305首诗,所以又叫"诗三百"。

山居秋暝

[唐] 王维

这里秋景如此美丽，我怎么能离开呢？

空山新雨后，天气晚来秋。
明月松间照，清泉石上流。
竹喧归浣女，莲动下渔舟。
随意春芳歇，王孙自可留。

王维：字摩诘，号摩诘居士，河东蒲州（今山西永济）人，唐代诗人，诗与孟浩然齐名，史称"王孟"。
暝（míng）：日落时分，天色将晚。
空山：空旷，空寂的山野。
新：刚刚。
浣（huàn）女：洗衣服的姑娘。浣，洗。
随意：任凭。
歇：尽。
王孙：原指贵族子弟，这里指诗人自己。

幽静的山中刚下过一场雨，傍晚时分感觉到秋的凉意。
皎洁的月光照在松林之间，清澈的泉水在山石上淌流。
竹林喧哗知道是浣女归来，莲叶轻摇因渔船顺流而下。
任凭春天的花草枯萎凋谢，秋日盛景，王孙自可久留。

诗词博物志

记录那山那水

山水诗就是描写山光水色的诗歌。南北朝诗人谢灵运是第一个创作大量山水诗的人,所以人们尊称他为"山水诗派"的鼻祖。

唐朝最有名气的山水诗人是王维。苏轼说:"读王维的诗,诗中有画;观王维的画,画中有诗。"这首《山居秋暝》就是王维隐居终南山时所作,描绘了初秋时节,雨后黄昏时那宜人的景色。

注释

李白:字太白,号青莲居士,陇西成纪(今甘肃天水)人,唐代浪漫主义诗人。

汪伦:李白的朋友。

踏歌:唐代民间广为流行的歌舞形式。人们拉着手一边唱歌,一边用脚踏地打节拍。这里指一边走一边唱。

深千尺:诗人运用了夸张的手法,用潭水深千尺比喻他和汪伦深厚的友情。

不及:不如。

赠汪伦

[唐]李白

李白乘舟将欲行,
忽闻岸上踏歌声。
桃花潭水深千尺,
不及汪伦送我情。

汪伦对我真好!

译文

李白乘船即将离别远行,
忽听岸边传来踏歌之声。
桃花潭水即使深至千尺,
也比不上汪伦送我之情。

诗词博物志

诗歌中的送别

桃花潭的水再深,也不及汪伦和我的情谊深。

汪伦很崇拜李白,便邀请他到家中做客。几天后,汪伦和家人在岸边唱着歌送别李白。李白非常感动,就写下这首《赠汪伦》。

客亭门外柳,折尽向南枝。
——《蓟北旅思》

很多。

你送别多少朋友了?

古代民间很流行折柳送别。张籍因为常常送别朋友,柳树一侧的柳枝都快被他折光了。

丈夫贫贱应未足,今日相逢无酒钱。
——《别董大》(其二)

请我喝酒。

兜里没钱。

亲友一别可能很久都见不到面,所以古人也喜欢喝酒送别。高适和朋友分开十多年了,好不容易见面,却无酒送别,多么遗憾呀!

天下伤心处,劳劳送客亭。

古人赶路累了怎么办?当然是在亭中休息一下了。古代的路上每隔十里有一座长亭,隔五里有一座短亭。因为人们常在亭中送别,所以十里长亭也成为送别的别称。

远送从此别,青山空复情。
几时杯重把?昨夜月同行。
——《奉济驿重送严公四韵》

我舍不得你。

我也是。

古人也会亲自送朋友一程。严武被召回京城时,杜甫陪严武走了整整一天,第二天仍舍不得分开,直到将严武送到奉济驿,才依依不舍地分别。

秋浦歌（其十五）

[唐] 李白

白发三千丈，
缘愁似个长。
不知明镜里，
何处得秋霜！

注释

秋浦歌：李白在秋浦写的一组诗，共17首。秋浦，唐代时属池州郡，位于今安徽省内。
缘：因为。
个：如此。
秋霜：秋天的白霜。这里形容头发白如秋霜。

译文

白发有三千丈那么长，
因为忧愁才这样长的。
不知道镜子里面的我，
从哪里得来了这秋霜！

愁得头发都白了。

诗词博物志 — 诗有多浪漫

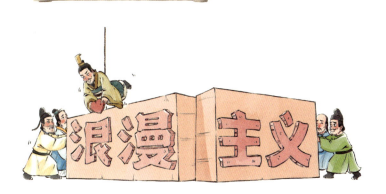

我们将充满奇幻想象和夸张手法的诗称为浪漫主义诗歌,这样的诗往往寄托着诗人的希望和理想。

屈原是我国第一个浪漫主义诗人。在他的诗中,鲜花、芳草常用于比喻品德高洁的君子。

（喜欢香草,讨厌臭草。）

翩若惊鸿,婉若游龙,容曜秋菊,华茂春松。
——《洛神赋》

（我有那么美吗?）

曹植形容洛神的诗歌极具想象力,他说洛神的身影翩然如同惊飞的鸿雁,婉约如同水中游动的蛟龙,容貌如同秋日的菊花般美丽,体态如同春风中的青松。

（愁!）

李白是唐代伟大的浪漫主义诗人。他将忧愁比作白发,说自己的忧愁就像三千丈白发那么长。

黑云压城城欲摧,甲光向日金鳞开。
——《雁门太守行》

李贺的诗歌也有很多精彩的比喻。他把滚滚而来的敌兵比作黑云,把将士身穿的铠甲比作金色的鱼鳞。

如八万四千天女洗脸罢,齐向此地倾胭脂。
——《西郊落花歌》

在诗人的眼中,落花也是浪漫的。龚自珍说,飘落的花瓣好比众多仙女洗脸后倾下来的胭脂水。可见,落花之景多么美丽啊!

春夜喜雨

[唐]杜甫

好雨知时节，当春乃发生。
随风潜入夜，润物细无声。
野径云俱黑，江船火独明。
晓看红湿处，花重锦官城。

春天的及时雨！

注释

杜甫：字子美，号少陵野老，出生于河南巩县（今巩义市），原籍湖北襄阳，唐代现实主义诗人。
发生：使植物萌发、生长。
野径：田野间的小路。
红湿处：被雨水打湿的花丛。
花重：花因为饱含雨水而显得沉重。
锦官城：成都的别称。主持织锦的官员在成都居住过，所以又名"锦官城"。

译文

好雨似乎知道时节的变化，到了春天就催着植物发芽。
伴随春风悄悄在夜里飘洒，无声无息地滋润大地万物。
浓浓的乌云笼罩田野小路，只看得见江上船中的灯火。
天亮后再去看那带雨红花，花朵沉甸甸装点着锦官城。

诗词博物志

唐朝"新闻记者"

与"浪漫主义"相反,"现实主义"诗歌里没有奇幻的想象,诗中记录了许多真实发生的故事。

我更关心现实情况。

杜甫是唐朝伟大的现实主义诗人。不过,杜甫不仅是诗人,也是唐朝的"新闻记者",他将自己的亲身经历写进了诗里。所以,人们把他的诗称为"诗史"。

他在减肥吗?

好几天没吃饭,好饿。

"朱门酒肉臭,路有冻死骨"就是杜甫从长安前往奉先县途中的所见所闻。

走快点!

你就在军营烧饭吧。

"安史之乱"爆发后,国家衰落,民不聊生。杜甫写了许多记录民间疾苦的诗篇。"三吏三别"中的《石壕吏》,就讲述了官兵乘夜征兵,连年迈的老妇人也被抓去服役的故事。

求苍天保佑我儿平安。

"三吏三别"是杜甫六篇诗作的合称,揭露了战争给百姓带来的巨大灾难和不幸。"三吏"指《新安吏》《石壕吏》《潼关吏》,"三别"指《新婚别》《无家别》《垂老别》。

塞下曲（其三）

［唐］卢纶

月黑雁飞高，
单于夜遁逃。
欲将轻骑逐，
大雪满弓刀。

注释

卢纶：字允言，河中蒲州（今山西永济）人，唐代诗人，是"大历十才子"之一。

月黑：没有月光。

单（chán）于：匈奴的首领。这里指敌军的最高统帅。

遁：逃走。

将：率领。

译文

乌云遮月天边惊起一群大雁，原来是敌人在趁着夜色逃跑。将军正要率领轻骑歼灭逃敌，纷飞的雪花沾满了弓箭和刀。

诗词博物志

边塞的诗

描写边疆生活的诗歌叫作"边塞诗"。
边塞诗常围绕这三大主题：边疆景色、军旅生活和对故乡的思念。

边塞的风光壮美辽阔，王维说："大漠孤烟直，长河落日圆。"

阿嚏！

边疆虽美却不适合人们生活。因为这里到处都是沙漠，气候十分寒冷，所以卢纶会在诗中说："欲将轻骑逐，大雪满弓刀。"

吹奏的是故乡曲子。

不知何时才能回家。

不知何处吹芦管，一夜征人尽望乡。
——[唐]李益《夜上受降城闻笛》

夜风送来芦笛吹奏的乐声，触动了将士们的乡愁，他们纷纷眺望远方的家乡。

凉州词
葡萄美酒夜光杯，欲饮琵琶马上催。
醉卧沙场君莫笑，古来征战几人回？

不过，艰苦的军旅生活毫不影响将士们保卫祖国的决心。王翰慷慨激昂地说："如果我醉倒在战场上你也莫要取笑，自古从沙场上平安归来的能有几人？"

赤壁

［唐］杜牧

折戟沉沙铁未销，
自将磨洗认前朝。
东风不与周郎便，
铜雀春深锁二乔。

注释

杜牧：字牧之，京兆万年（今陕西西安）人，唐代诗人，与李商隐并称"小李杜"。

折戟（jǐ）：折断的戟。戟，古代兵器。

销：销蚀。

将：拿，取。

认前朝：辨认出是前朝遗物。前朝，这里指赤壁之战的时代。

铜雀：铜雀台。曹操在邺城（河北临漳）建造的一座楼台。因楼顶有大铜雀而得名。

二乔：江东乔公的两个女儿，东吴美人，被称为大乔、小乔。大乔嫁孙策，小乔嫁周瑜。

译文

埋没在泥沙中的断戟竟然未被销蚀，我拿去磨洗后辨认出是前朝的遗物。假如赤壁之战东风没给周瑜行方便，恐怕二乔就会被曹操关在铜雀台中。

诗词博物志　把历史写进诗里

诗人游览古迹、回想古人经历时，写了许多咏叹历史和怀念古人的"怀古诗"。

因为历史和古人的故事很长，诗人常用一些有来历的词语来代替古代的故事，被称为"典故"。

周瑜，我和你没完！

这个官，不做也罢！

《赤壁》说的是发生在三国时期的赤壁之战。公元208年，孙权、刘备联手对抗曹操。孙权手下的大将周瑜想出"火烧赤壁"之计，凭借着东风，打了一场以少胜多的漂亮仗。后来，人们就用"东风"来比喻有利的时机。

陶渊明做官的时候，有人劝他去讨好大官。他不愿意，还说出了"不为五斗米折腰"的名言。于是，"折腰"就有了屈身事人的意思。

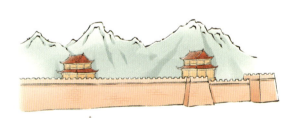

泊秦淮
烟笼寒水月笼沙，
夜泊秦淮近酒家。
商女不知亡国恨，
隔江犹唱后庭花。

贪财的楼兰王多次杀害出使西域的汉使。于是，傅介子设计杀了他，为同胞报了仇。此后，诗人就常用"楼兰"比喻边关的敌人。

陈后主喜欢听《玉树后庭花》，人们就将此曲比作亡国之歌。后来，唐朝的统治者也变得醉生梦死，杜牧"借古讽今"，写下了《泊秦淮》。

四时田园杂兴（其二十五）

[宋] 范成大

每个季节都要写诗！

梅子金黄杏子肥，
麦花雪白菜花稀。
日长篱落无人过，
惟有蜻蜓蛱蝶飞。

范成大：字至能，晚号石湖居士，平江府吴县（今江苏苏州）人，南宋诗人。

杂兴：有感而发，随事吟咏的诗。兴在这里读 xìng。

蛱（jiá）蝶：一种蝴蝶。

梅子变得金黄杏儿越长越大，荞麦花雪白油菜花已经稀落。夏日悠长，篱笆前没人经过，只有蜻蜓和蝴蝶在翩然起舞。

诗词博物志

田园诗"课代表"

归园田居（其三）
种豆南山下，草盛豆苗稀。
晨兴理荒秽，带月荷锄归。

东晋有一位不爱做官的诗人，他的名字叫陶渊明。辞官以后，陶渊明就回到家乡，过起了隐居的生活，写下许多描写田园风光、乡村生活的"田园诗"。

过故人庄
开轩面场圃，把酒话桑麻。
待到重阳日，还来就菊花。

除了陶渊明，隐居的诗人还有孟浩然。朋友邀请他到家中做客，看着满园种植的蔬菜，他们一起交流农耕的技巧，约定重阳节赏菊花。

范成大为官时为百姓做了许多好事。他辞官后，在家乡度过了长达10年的田园生活，创作了许多田园诗。

四时田园杂兴（其三十一）
昼出耘田夜绩麻，村庄儿女各当家。
童孙未解供耕织，也傍桑阴学种瓜。

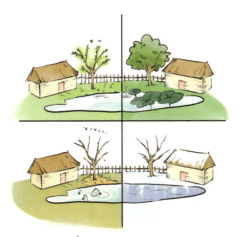

《四时田园杂兴》共有60首，春日、晚春、夏日、秋日、冬日各有12首。

第31首生动地记录了初夏时节村民们耕种纺织的生活和孩子们的童真。

第 2 辑
古人的日常生活

古代人的生活有多丰富多彩?
女孩子研究"时尚穿搭",
儿童争相参加"斗风筝"大赛,
诗人不远千里品尝鲜美的鲈鱼,
宠物狗也是优秀的送信员!

采莲曲

[唐] 王昌龄

荷叶罗裙一色裁,
芙蓉向脸两边开。
乱入池中看不见,
闻歌始觉有人来。

注释

王昌龄：字少伯，山西太原人，唐代大臣，著名边塞诗人。
罗裙：丝织的裙子。
芙蓉：指荷花。
乱入：混入。
看不见：指分不清。

译文

采莲女穿着荷叶颜色的罗裙，荷花就在少女脸颊两边开放。碧罗裙混入荷塘中难以分辨，听到歌声才察觉有人来采莲。

诗词博物志　古代女子的"时装秀"

罗裙在诗歌中扮演着双重角色,既是服装,也是意象。诗人常用罗裙来形容美好的姑娘。

在炎热的夏天,人们最喜欢穿用轻软的丝织品制作的衣服,古人称为罗衣。罗衣的丝线轻盈、织法稀疏,穿在身上十分凉爽。

宋朝的时候,人们织罗的技术更加精熟,不但能织出各色图案,还能用金银丝线织成衣物。因此,"宋罗"也成为专门名称。

罗裙作为女子喜爱的服装,它的款式也多种多样。唐朝女子的裙子又松又长,只有用布条紧紧地缠在腰间或腋下,裙子才能不掉下来,就像现在的腰带一样。

只穿一条裙子可不行,女子们还要在上身穿一件窄袖的短款上衣。那时候没有拉链和纽扣,只能用左右衣襟裹住,再把下摆扎进裙子里。诗中的采莲女穿的可能就是这样的长裙。

那些爱美的贵妇人并不喜欢这种装扮,她们觉得宽袖子的短衣更有华丽之美。所以,她们常在罗裙外,穿一件对襟敞开、宽大袖子的"半袖",再在手臂上搭配一条罗纱。

次北固山下

[唐] 王湾

客路青山外,行舟绿水前。
潮平两岸阔,风正一帆悬。
海日生残夜,江春入旧年。
乡书何处达?归雁洛阳边。

注释

王湾:号为德,洛阳(今属河南)人,唐代诗人。
次:停留。
北固山:山名,在今江苏镇江北。
客路:旅客前进的路。
潮平两岸阔:潮水涨满时,两岸与江水齐平,形容江面十分广阔。
海日:海上的旭日。
生:升起。
残夜:夜将尽未尽之时。
入:到。
乡书:家信。
归雁:北归的大雁。古代有用大雁传递书信的故事。

译文

旅客来到青葱的北固山下,船儿在碧蓝的江水中前行。
潮水涨满两岸与江水齐平,顺风航船将船帆高高挂起。
夜色将尽红日从东方升起,新年未到早春景色已显现。
寄出的家书要送到何处呢?希望大雁把它送到洛阳那边。

诗词博物志

古代的信使

准备作战，有敌情！

我国最古老、最高效的信使，应该是商朝的烽火台。遇到敌情时，白天燃烟，夜间点火，将信息传递给远处的将士们。

饮马长城窟行
客从远方来，
遗我双鲤鱼。
呼儿烹鲤鱼，
中有尺素书。

民间百姓大多通过远行的人或者信客捎带书信。一位女诗人收到客人从远方带来的鲤鱼木盒，里面就装着丈夫写给自己的信，所以古代的书信也叫鱼书。

古代的动物也是信使，有很多诗文记录了它们的功劳。被匈奴流放的苏武因"鸿雁传书"之说而获救，所以鸿雁就成了信使的美称。

拜托，你根本没说她是谁啊。

告诉她，我很想念她！

蓬山此去无多路，
青鸟殷勤为探看。
——《无题》

传说，西王母的信使是长着三只脚的青鸟，李商隐希望青鸟帮助自己去探望思念的人。

晚餐加鸡腿！

我爱吃骨头。

陆机的信使是一只聪明伶俐的狗。他在洛阳当官时，十分思念远方的亲人。于是，就让狗帮他送去家书。因为狗的名字叫黄耳，后来就有了"黄耳寄书"的成语。

亲情是最可贵的。

游子吟

〔唐〕孟郊

慈母手中线,游子身上衣。

临行密密缝,意恐迟迟归。

谁言寸草心,报得三春晖。

注释

孟郊:字东野,湖州武康(今浙江德清)人,唐代诗人。

游子:古代称远行旅居的人。

临:即将。

意恐:担心。

报得:报答。

晖:阳光。形容母爱如春天和煦、温暖的阳光般照耀着孩子。

译文

母亲用手中的针线,为游子赶制着衣服。临行前密密地缝补,担心孩子难以早回。谁说小草儿的心意,能报答春天的光辉。

诗词博物志　布从哪里来

孟郊即将远行的时候，母亲一针一线地为他缝制衣服，密密的针脚寄托着母亲对儿子的爱。孟母手中的线和布，又从哪里来呢？

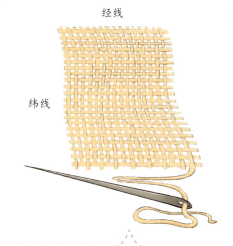

传说，古代人的织布技术，是天上的织女传授的。古代人管竖着的线叫经线，横着的线叫纬线。把经线、纬线交织在一起，一条条纤细的丝线就编织成了布匹。

蚕蛾刚出生的时候，还是一只蚕宝宝。蚕长大一些后，就开始吐丝，并将自己全身包裹成蚕蛹。这种丝线就是绸缎的原材料。

棉袄里面的棉絮也是布料的来源。古代人将成熟的棉花与棉籽分开，再拿弹弓把棉花弹松软，之后用木板搓成长条，纺纱工就可以用纺车织布了。

苎麻是一种生命力很强的植物，它全身上下都由纤维组成。用苎麻织出来的布，透气又清凉，常常制成夏衣和帷帐。

用芭蕉皮织出来的蕉纱非常轻薄，使点儿力气拉扯，就能将布料扯断，所以古人一般不用它来做衣服。

江上渔者

〔宋〕范仲淹

江上往来人，
但爱鲈鱼美。
君看一叶舟，
出没风波里。

钓到大鱼啦！

注释

范仲淹：字希文，吴县（今江苏苏州）人，北宋政治家、文学家。
渔者：捕鱼的人。
但：只。
爱：喜欢。
鲈鱼：一种味道鲜美的鱼。
风波：波浪。

译文

江岸上来来往往的人们，
只喜爱鲈鱼鲜美的味道。
请您看那像叶子似的船，
在大风大浪中时隐时现。

诗词博物志　舌尖儿上的"辛苦"

不仅好吃，还有益健康。

李时珍说，鲈鱼不只是一道美食，还是一道滋补五脏的药膳。所以，人们非常喜爱吃鲈鱼。

到家就能吃到鲈鱼啦！

最爱吃鲈鱼的，应该是晋代的才子张翰。他在外地当官时，忽然想吃家乡的鲈鱼，于是就辞去官职，返回了家乡。

我可不是因为嘴馋才来这里的。

李白是个旅行家，他去蜀中旅行时，担心人们觉得他是为了品尝鲈鱼，还特意解释说："此行不为鲈鱼鲙，自爱名山入剡中。"

犹有鲈鱼莼菜兴，
来春或拟往江东。
——《偶吟》

好想吃鲈鱼。

不过，白居易想来年春天的时候去江东，可真是为了大饱口福。

我来得真不是时候。

杨万里和鲈鱼很没缘分。两年之内，他去了垂虹桥三次，可每次去的时候都是在冬天。他一直为吃不着最鲜美的鲈鱼而遗憾。

其他人都在品尝鲜美的鲈鱼，范仲淹却更在乎捕鱼的渔夫。在风浪中，渔夫们乘着像叶子一般飘摇的小船，那是多么的辛苦！

书湖阴先生壁

[宋] 王安石

茅檐长扫净无苔,
花木成畦手自栽。
一水护田将绿绕,
两山排闼送青来。

注释

王安石:字介甫,号半山。抚州临川(今江西抚州)人,北宋政治家、文学家,是"唐宋八大家"之一。

湖阴先生:杨骥的别号。杨骥,字德逢,王安石晚年居住江宁(今江苏南京)时的邻居。

苔:苔藓。

畦(qí):指种植花草时,用土埂围着的一块块排列整齐的土地。

排闼:推开门。闼,小门。

译文

经常打扫干净的茅檐长不出一点儿苔藓,种植花草的整齐的土地是主人亲手打理。一条小河环绕着翠绿的田园像一条带子,两座山像打开的两扇门送来青翠的美景。

诗词博物志

诗歌里的茅屋

古代用茅草、稻草修建的简陋房子，叫作茅屋或茅庐。历史上，有许多诗人、名人都住在这样的房子里。

> 新家快修好啦。

> 都来三次了，白费时间。
> 就是一个无用书生。
> 别吵！

东汉末年，智慧无双的诸葛亮就住在茅屋之中。刘备曾三次前往茅屋，请诸葛亮出山相辅。于是，就有了"三顾茅庐"的典故。

> 既耕亦已种，时还读我书。
> ——《读山海经》（其一）
> 虎蛟。
> 长着蛇尾的鱼，叫声还像鸳鸯一样好听？

陶渊明辞官后，在远离人烟的地方修建了茅屋。忙完耕种的活计后，他就在家中读喜欢的书。

> 八月秋高风怒号，卷我屋上三重茅。
> ——《茅屋为秋风所破歌》

杜甫修建的草堂不太结实，一场大风卷走了屋顶上的好几层茅草，雨珠密密麻麻地往下漏。

> 斯是陋室，惟吾德馨。
> ——《陋室铭》
> 这里已经变成旅游景点了吗？

刘禹锡住的房子很简陋，他说，"这间简陋的房子，因为我的美德而芳名远扬。"

乡村四月

[宋]翁卷

绿遍山原白满川,

子规声里雨如烟。

乡村四月闲人少,

才了蚕桑又插田。

注释

翁卷:字续古,乐清(今属浙江)人,南宋诗人。

山原:山陵和原野。

子规:杜鹃鸟。

才了:刚刚结束。

蚕桑:种桑养蚕。

译文

碧绿染遍山野水田一片亮光,

杜鹃声声啼叫天空烟雨蒙蒙。

四月的乡村里没有几个闲人,

刚结束种桑养蚕又要插秧了。

诗词博物志　　忙碌的四月

《乡村四月》描写了初夏时节江南村民的忙碌。诗中"才了蚕桑又插田"说的是两项非常重要的农事活动：种桑养蚕和插稻秧。

我国养蚕的历史由来已久。相传，上古时代的嫘祖发明了养蚕织布，人们尊称她为"蚕神"。

不过，在真实的生活中，百姓们并非按照诗中所说，先蚕桑后插田，有的人也会先插田后蚕桑，有的人则只做其中一项。而且，江南村民播种水稻也不只在四月，最早在春分前，最晚在清明后。

村居

[清] 高鼎

草长莺飞二月天，
拂堤杨柳醉春烟。
儿童散学归来早，
忙趁东风放纸鸢。

我也来放风筝！

注释

高鼎（dǐng）：字象一，浙江仁和（今浙江省杭州市）人，清代诗人。

村居：住在农村。

拂堤（fú dī）杨柳：垂下来的杨柳枝随风摆动，就像是在抚摸堤岸。

散学：放学。

纸鸢（yuān）：风筝。鸢，一种鸟儿。

译文

青草茂盛黄莺飞舞的二月时节，杨柳枝随风摆动好像轻抚堤岸。学堂的孩子放学之后早早回家，趁着东风和伙伴儿一起放风筝。

诗词博物志

"斗风筝"比赛

据说,发明风筝的人是生活在春秋末期的鲁班。他花了三年时间,才研发出能飞上天空的竹风筝。

后来,古代人发明了造纸术,制作出了纸风筝。因为风筝的外形像一种名叫鸢的鸟儿,所以风筝也叫纸鸢。

在这首诗中,风筝是孩子手中的玩具。不过,更早的时候,古代人将风筝当作传递军情的工具。

梁武帝被叛军团团包围时,一位大臣提议,通过放风筝来传递消息。不幸的是,叛军识破了"风筝求救计划",用箭将它射了下来。

隋、唐时期,造纸业十分发达,风筝也走进了千家万户。人们会制作各种各样的风筝,开展"斗风筝"的大赛,比一比谁的风筝飞得高。

| 骆宾王 |  "神童" |

♥ 女帝武则天 ♥ ♥ ♥ ....

| 杜甫 | 拉投资 |

| 诗人 | 王安石洗澡 |

第 3 辑
才子们的朋友圈

假如诗人也有朋友圈:
女帝武则天会为骆宾王点 100 个赞,
李白设置的"特别关心"名单中有孟浩然,
杜甫经常向"品牌商"拉投资,
"王安石洗澡"能像新闻一样轰动文坛。

咏鹅

[唐] 骆宾王

这是我七岁写的诗。

鹅，鹅，鹅，
曲项向天歌。
白毛浮绿水，
红掌拨清波。

注释

骆宾王：婺州义乌（今属浙江）人，唐代诗人，是"初唐四杰"之一。
咏鹅：赞美鹅。
曲项（xiàng）：弯曲着脖子。
向天歌：对着天长鸣。
拨（bō）：划动。

译文

鹅，鹅，鹅
伸着弯弯的脖子对着天空歌唱。
洁白的羽毛浮在碧绿的水面上，
红色的脚掌划动着清澈的水波。

诗词博物志 —— 引起女皇帝注意的"神童"

骆宾王自幼聪敏好学,七岁就写出了脍炙人口的《咏鹅》,被人们称为"神童"。长大以后,骆宾王的才能更显突出,和王勃、杨炯、卢照邻并称"初唐四杰"。

虽然名头响亮,可他的求仕之路并不顺利,好不容易当上了官,却被人冤枉贪污关进了大牢。他伤心地说:"无人信高洁,谁为表予心?"

当时管理国家的是历史上唯一的女皇帝——武则天。可骆宾王并不支持女皇帝,他出狱后就投靠了"反武派"徐敬业,还写了一篇号召大家讨伐武则天的文章。

这篇文章写得极好,就连武则天读完都夸赞骆宾王有才华。

两个月后,徐敬业的"反武计划"失败了。战乱中,骆宾王也不知所踪。

后来,宋之问夜游灵隐寺,偶然遇到了一位才学出众的老僧。据说,那个僧人就是骆宾王!

回乡偶书（其一）

［唐］贺知章

少小离家老大回，
乡音无改鬓毛衰。
儿童相见不相识，
笑问客从何处来。

注释

贺知章：字季真，号四明狂客，越州永兴（今浙江杭州）人，唐代诗人。

偶书：随意写下的诗。

鬓（bìn）毛：面颊两侧靠近耳朵的头发。

客：指诗人自己。

译文

少年时离开家乡到老了才回来，乡音没有改变但鬓发已经斑白。孩子们看见我没有一个能认识，笑着问我：客人，您从哪里来？

诗词博物志 "成就达人"贺知章

盛唐诗坛有一位非常有趣的老前辈,他叫贺知章。

贺知章获得了许多"达人称号",第一是"学霸"。30多岁时,贺知章就高中进士,深得朝廷重用。

第二是"诗狂"。他写的诗豪放、洒脱,李白这样形容他:"四明有狂客,风流贺知章。"贺知章也十分认同,给自己取了一个"四明狂客"的称号。

第三是"酒仙"。杜甫在《饮中八仙歌》写道:"知章骑马似乘船,眼花落井水底眠。"说他喝醉后骑着马摇摇晃晃,就像在坐船。因为眼花,他掉进了井里,还在井底睡起了大觉。

第四是"书法家"。贺知章喝醉后,喜欢练习书法。大家都说他写的草隶是传世的宝贝。

86岁时,贺知章辞去官职,回到了阔别50多年的家乡。面对既熟悉又陌生的环境,贺知章心中感慨万千,写下了这首《回乡偶书》。

春晓

［唐］孟浩然

春眠不觉晓，
处处闻啼鸟。
夜来风雨声，
花落知多少。

我想睡懒觉。

注释

孟浩然：襄州襄阳（今属湖北）人，唐代诗人。
不觉晓：不知不觉天就亮了。
闻：听见。
啼鸟：鸟儿的鸣叫声。
知多少：不知道有多少。知，表示推测。

译文

春日里贪睡不知不觉天亮了，
处处都能听见鸟儿的鸣叫声。
想起昨天晚上的阵阵风雨声，
不知盛开的花儿吹落了多少。

诗词博物志　　"山人"孟浩然

孟山人压力很大。

孟浩然有着一肚子的学问，却连半个官职都没得到，所以大家又称他为"孟山人"。

年轻的时候，孟浩然隐居在鹿门山，写下了不少清新、自然的诗，比如《春晓》。

真美呀。

他还喜欢旅游，用诗歌记录美丽的景色。他说洞庭湖"八月湖水平，涵虚混太清"，说庐山"黤黕凝黛色，峥嵘当曙空"。

应该发现不了吧？

40多岁时，孟浩然到长安考进士落榜，便留在长安准备下次考试，其间和王维成为好朋友。有一次，在翰林院值班的王维，偷偷邀请孟浩然来讨论诗歌。恰巧皇上来了，吓得孟浩然躲到了床底下。

最近写了什么诗？

王维不敢隐瞒皇上，将孟浩然在这里的事情如实禀告。皇上不但没有生气，还考察起孟浩然的才华。

没有才能致使皇上不重用我，身染重病让朋友和我疏远了。

这本是一个千载难逢的好机会，可孟浩然却犯起了迷糊，吟诗时说："不才明主弃，多病故人疏。"

做官没戏了。

皇帝听了觉得很委屈，明明是他这么多年不积极追逐功名，怎么还冤枉自己不重用他呢？于是让他回去了。后来，孟浩然也不再思考做官的事了，继续和青山绿水做伴。

静夜思

[唐] 李白

床前明月光，
疑是地上霜。
举头望明月，
低头思故乡。

注释

静夜思：在安静的夜晚所想到的。
疑：好像。
举头：抬头。

译文

明亮的月光洒在床前地上，
好像地上凝结了一层银霜。
抬头看天窗外的一轮明月，
低下头思念我远方的家乡。

诗词博物志

思乡的"游侠"

十五好剑术，遍干诸侯。
——《与韩荆州书》

得到过官方认证哟。

李白不仅诗写得好，剑术也非同一般。他在自荐信中说："十五岁爱好剑术，拜访过许多将领。"

游侠……

李白还酷爱旅行，足迹遍布祖国的大好河山，说他是一位"游侠"，一点儿也没错。

李白远游的第一站是扬州。离家数月，望着天上的月亮，他十分想念家乡。李白将情感都寄托在诗中，写下了传诵千古的名句："举头望明月，低头思故乡。"

你又喝多了。

我们一起游遍天下！

咳，再，咳咳，再见啦！

在湖北漫游时，李白和孟浩然成了好朋友。后来，两个人还同游黄鹤楼。《黄鹤楼送孟浩然之广陵》就是李白送别孟浩然时写的诗。

后来，李白在河南旅行时，遇到了杜甫和高适。三个人志同道合，还组成了"旅游团"。不过，"旅游团"在一起的时间很短，因为李白的旅行没有终点站。

> 春天总是充满朝气。

绝句（其三）

[唐] 杜甫

两个黄鹂鸣翠柳，
一行白鹭上青天。
窗含西岭千秋雪，
门泊东吴万里船。

注释

白鹭（lù）：一种白色的鸟。
千秋雪：指西岭雪山上千年不化的积雪。

译文

两只黄鹂在新绿的柳枝上歌唱，一队整齐的白鹭在天空中飞翔。我坐在窗前看见西岭山的积雪，门前停着自万里外东吴来的船。

诗词博物志

"以诗换物"的杜甫

连窗户都修不上。

刚到成都时,杜甫过得非常窘迫,只能借宿在古庙里。但住在古庙不是长久之计,杜甫就想在浣花溪畔修建草堂。只是他钱包空空,该怎么办呢?

忧我营茅栋,携钱过野桥。
他乡唯表弟,还往莫辞遥。
——《王十五司马弟出郭相访兼遗营茅屋赀》

表哥高兴就好。

杜甫的表弟听说后,大方地承担了修草堂的费用。

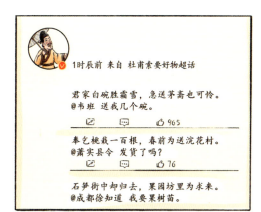

1时辰前 来自 杜甫索要好物超话

君家白碗胜霜雪,急送茅斋也可怜。
@韦班 送我几个碗。
965

奉乞桃栽一百根,春前为送浣花村。
@萧实县令 发货了吗?
76

石笋街中却归去,果园坊里为求来。
@成都徐知道 我要果树苗。

因为囊中羞涩,杜甫就想出了"以诗换物"的办法,把草堂打理得漂漂亮亮。

后来,杜甫去四川多地游历,再回到草堂时,老鼠和蜘蛛已经霸占了家园。

绝句
迟日江山丽,春风花草香。
泥融飞燕子,沙暖睡鸳鸯。

杜甫费了好大工夫,才将草堂整饬如新。在黄鹂清脆的歌声中,写下了这首诗。
杜甫写过好几首绝句,都是记录明媚的春光。

寻隐者不遇

[唐] 贾岛

松下问童子，
言师采药去。
只在此山中，
云深不知处。

注释

贾岛：字浪仙，范阳（今河北涿州）人，唐代诗人。
寻：寻访。
隐者：不愿做官而隐居在山野之间的贤士。
童子：小孩。这里指"隐者"的弟子。
言：回答，说。
云深：指山上云雾弥漫的地方。
处：地方。

译文

在苍松下，询问一位童子，他说师父已经出门采药了。只知道师父在这座山里面，只是云雾缭绕不知在何处。

诗词博物志 执着的"诗奴"

下句该写啥呢?

有灵感了!

白天写的诗不好,再想想。

行走　　　吃饭　　　睡觉

贾岛非常热爱诗文,就连行走、吃饭、睡觉都不忘写诗。大家都叫他"诗奴"。

用推?　还是用敲?

我不是坏人啊!

有一次,他写了一句诗"鸟宿池中树,僧推月下门"。他觉得推字不好,想改成"僧敲",一时拿不定不主意,边吟诗边用手比画着推、敲的动作。

路人觉得他十分滑稽,可他却毫无察觉,还迷迷糊糊地闯进了京兆尹韩愈的车队,被守卫抓到了韩愈面前。

我们相见恨晚呀!　是呀!

我的诗终于得到认可了!

孟郊死葬北邙山,
从此风云得暂闲。
天恐文章浑断绝,
更生贾岛著人间。
——《赠贾岛》

韩愈得知贾岛在思考用"推"还是"敲"后,想了很久,说:"'敲'字比较好。"接着,两个人一起谈论诗文,成为好朋友。

后来,韩愈给贾岛写了一首诗,夸赞他是孟郊转世。

月亮啊,何时照我回故乡?

泊船瓜洲

[宋]王安石

京口瓜洲一水间,
钟山只隔数重山。
春风又绿江南岸,
明月何时照我还。

注释

瓜洲:在长江北岸,扬州南面。
京口:今江苏镇江。
钟山:今南京市紫金山。
还:返回。

译文

京口和瓜洲仅隔着一条长江水,
钟山离这里也不过相距几座山。
春风又一次吹绿了江南的田野,
明月何时才能照着我返回家园。

诗词博物志 "拆洗"王安石

王安石是北宋的传奇人物,不仅写得一手好文章,是"唐宋八大家"的重要成员,还对治理国家有独到的见解,深受皇上的器重。

由于他一心扑在工作上,很少花时间打扮自己,常常把自己弄得脏兮兮的。朋友们为他操碎了心,约定每隔一段时间就带他去洗澡,还各自从家拿来换洗的衣服。

如果朋友不在身边,那王安石可要出糗了。有一次上朝,王安石身上竟然爬出来一只虱子,还钻进了他的胡子里。皇上看见都忍不住笑了起来。

为了除掉这些"小家伙",王安石还特意花了些工夫,和朋友王乐道一起烘虱子。

王安石在生活上不修边幅,对诗文却"斤斤计较"。他写这首诗时,起初写作"春风又到江南岸",觉得"到"字不好,又改成"过",仍不满意。反复改了十多次,最后才定下"绿"字。

据说,王安石的《桂枝香》写得最好,连苏轼读后都大为赞叹,说他比狐狸还要聪明呢!

雨过天晴!

六月二十七日望湖楼醉书

[宋]苏轼

黑云翻墨未遮山,
白雨跳珠乱入船。
卷地风来忽吹散,
望湖楼下水如天。

注释

苏轼:字子瞻,号东坡居士,眉州眉山(今属四川)人,北宋文学家、书画家、美食家,是"唐宋八大家"之一。
望湖楼:在今浙江杭州西湖边。
醉书:喝醉酒时写下的作品。

译文

乌云翻滚像打翻的墨汁还没遮住青山,白花花的雨点似洒了的珍珠蹦跳上船。忽然卷地而来的狂风吹散了漫天乌云,风雨过后望湖楼下的西湖像天一样蓝。

诗词博物志

"多重身份"的苏轼

苏轼有很多身份。他最为人熟知的身份是大文豪,他写的诗、词、散文无不精彩,是"唐宋八大家"之一。此外,他还精通书画。书法家黄庭坚夸赞他是宋朝书法第一人。

在百姓眼中,苏轼是一位发明家、美食家,他设计的东坡帽,防晒、防雨的效果非常显著,还有那美味的东坡肉、东坡鱼,一直流传到今天。

难怪就连和苏轼政见不同的王安石,都夸他是百年难遇的人才呢!

夏日绝句

[宋] 李清照

生当作人杰，死亦为鬼雄。
至今思项羽，不肯过江东。

我的偶像是大英雄项羽。

注释

李清照：号易安居士，济州章丘（今属山东省济南市章丘区）人，宋代女词人。
人杰：人中豪杰。
鬼雄：鬼中英雄。
思：怀念。

译文

活着应当做人中的豪杰，
死后也要做鬼中的英雄。
至今人们仍然怀念项羽，
宁可死也不愿逃回江东。

诗词博物志

千古才女"李三瘦"

不顾百姓生死，你算什么知府！

被人称赞为"千古第一才女"的李清照生活在烽烟不断的时代。靖康之变后，城中发生战乱，她的丈夫赵明诚作为知府，不但没有平息战乱，反而仓皇而逃。这让李清照很失望，于是写下《夏日绝句》，感慨世间没有像项羽一样的英雄。

写诗能变瘦吗？

不能，但用夸张的写作手法能！

李清照写得最好的不是诗，而是词。她写过著名的三首"瘦"词，所以人们也叫她"李三瘦"。

花枯叶茂，可不是绿肥红瘦吗？

知否？知否？应是绿肥红瘦。
——《如梦令》

李清照说，春天悄悄地离去，又到了绿荫繁盛、红花凋谢的季节。

新来瘦，非干病酒，不是悲秋。
——《凤凰台上忆吹箫》

最近为什么瘦了？她解释说，不是喝多了酒，也不是为秋天伤感。

莫道不销魂，帘卷西风，
人比黄花瘦。
——《醉花阴》

我和菊花比，谁瘦？

而是因为思念家人。沉重的思念让她比黄花还瘦。

注释

曾几（zēng jī）：字吉甫，号茶山居士，南宋诗人。

三衢（qú）：浙江衢州境内的三衢山。

小溪泛尽：乘小船到小溪的尽头。

却：再，又。

阴：树荫。

译文

梅子黄透了天天都是好天气，乘舟到小溪尽头又改走山路。山路上树荫与来时一样浓密，林中传来四五声黄鹂的鸣叫。

三衢道中

［宋］曾几

梅子黄时日日晴，小溪泛尽却山行。

绿阴不减来时路，添得黄鹂四五声。